Le Livre de Poche Jeunesse

READY

Madeleine Féret-Fleury

Madeleine Féret-Fleury est née en 1993 « dans un berceau de mots ». Très tôt, elle aime écouter, raconter et inventer des histoires. Ses goûts la portent vers des études de lettres ainsi qu'un master en scénario, et elle écrit plusieurs projets pour la télévision et le cinéma. Dix ans après avoir imaginé la saga *Atlantis* qu'elle écrit à quatre mains avec sa mère, elle renouvelle l'expérience avec *Ready*, qu'elle co-écrit avec Marushka Hullot-Guiot.

Marushka Hullot-Guiot

Marushka Hullot-Guiot est diplômée de lettres et de cinéma. À l'issue de ses études, elle a travaillé dans une maison de production, avant de se tourner vers de nouveaux projets d'écriture, dont la série *Ready*, qu'elle signe avec Madeleine Féret-Fleury.

MADELEINE FÉRET-FLEURY & MARUSHKA HULLOT-GUIOT

READY

LA SEULE ISSUE C'EST TOI !

CASSANDRE

Conception graphique : Hachette Romans Studio.
Illustration de couverture : © Tithi Luadthong / Shutterstock.
Visuels intérieurs : © Shutterstock.

À Clara,
notre petit cobaye

Le soleil se couche sur Villemort. Au loin, un vent léger se lève sur les cimes des montagnes déjà plongées dans l'ombre, tandis que tout autour, la forêt de Bois-Tempête s'obscurcit peu à peu en ce vendredi soir d'automne. À cette heure tardive, il n'y a plus que les lampadaires pour éclairer encore les rues. Les vieux aiment bien raconter que le tonnerre qui sévit souvent dans cette région a entièrement détruit la ville à plusieurs reprises… Mais c'est une légende urbaine, rien de plus, une manière de donner de l'importance à un patelin perdu que tu rêves de quitter au plus vite.

Le centre commercial est en train de fermer. Le multiplexe se vide, la piscine est déserte. Seule la salle de laser-game reste animée. Mais toi, tu as à peine conscience de tout cela. Ta soirée au cinéma avec Elijah touche à sa fin. Ce n'est peut-être pas plus mal : même si tout le monde au collège veut faire de vous le couple le plus populaire du bahut, cela n'a jamais vraiment collé entre vous… Et puis, Nora, la meilleure amie d'Elijah, est toujours là pour tenir la chandelle. Tu parles d'une intimité !

Heureusement, *Le Réveil des zombies* était super ! Même si ce n'était pas le genre de films qu'on va voir en amoureux, au moins, tu as passé un bon moment.

Vous vous avancez vers le parking en finissant votre pop-corn. Pour détendre l'atmosphère, tu tentes quelques blagues, qui tombent à plat. Gênés, Elijah et toi êtes l'un comme l'autre pressés de rentrer chez vous. Dire que c'était ta seule autorisation de sortie de toute la semaine !

Pourquoi ton père ne voit-il pas que tu as grandi et que tu as besoin de plus de liberté ? Tu ne peux t'empêcher de te dire que ta mère aurait peut-être été ton alliée dans ce genre de négociations. Malheureusement, tu ne le sauras jamais : elle est morte quand tu étais très jeune.

Te voilà coupée dans tes rêveries : la voiture de ton père approche, pile à l'heure, comme toujours. En voyant ses phares balayer le bitume, tu ne peux pas t'empêcher – pour une fois – de te sentir soulagée. La vitre avant s'ouvre.

— Je te raccompagne aussi, Elijah ? demande ton père.

Ton copain semble mal à l'aise ; il n'a pas l'air d'en avoir très envie, mais n'ose pas vraiment le dire. Et ton père qui insiste… la honte !

— Il fait déjà nuit, monte ! Tu ne devrais pas rester seul dans la rue.

— J'habite juste à côté, tente Elijah. Vous dérangez pas, je vais rentrer à pied…

C'est à toi d'être embêtée : tu n'as aucune envie de te retrouver seule entre ton père et Elijah, mais c'est vrai qu'il est tard… Devrais-tu toi aussi insister pour qu'Elijah rentre avec vous ?

1) TU DEMANDES À TON PÈRE DE LAISSER TOMBER : ELIJAH PART SEUL

– COURS VITE À LA PAGE 58

2) TU INSISTES : ELIJAH VIENT AVEC VOUS

– RENDS-TOI À LA PAGE 79

LA PETITE PIÈCE SANS FENÊTRE

Le Dr Anton Moreau entre dans la pièce. Tu ne le quittes pas du regard, appréhendant ce qu'il pourrait bien avoir à te révéler. Mais très vite, tes yeux dévient sur la personne qui l'accompagne, une femme aux cheveux violets très longs, menottée, et l'air visiblement exténuée. Peut-être même un peu dans les vapes.

Tu pâlis soudain. Impossible… Quelle ressemblance avec ta mère ! Tu as peu de souvenirs d'elle, mais ton père a pris soin de suspendre quelques photos de famille au-dessus de ton lit.

Est-ce que cette femme serait bien celle que tu croyais morte ? L'aurait-on retenue ici toutes ces années ? Cela paraît incroyable…

— Oui, c'est elle, répond le Dr Moreau, qui a deviné ta question. D'ailleurs, ton père est également dans ce laboratoire, ne t'en fais plus pour lui. Sois sage, et nous serons nous aussi gentils avec tes parents.

C'est alors que le scientifique se lance dans une surprenante explication.

— Nous avons recueilli ta mère il y a bien longtemps… et nous l'avons protégée. Faire croire à sa mort était la seule façon de ne pas lui attirer d'ennuis. As-tu remarqué la couleur des cheveux de ta mère ? Et ses yeux lumineux ? Ton père ne t'en a jamais parlé, mais ta mère est une extraterrestre, Cassandre.

Anton attend quelques instants avant de reprendre, afin de te laisser encaisser le choc de cette nouvelle renversante.

— Les extraterrestres sont arrivés sur terre il y a trente ans, fuyant leur propre planète, détruite par un réchauffement climatique. Évidemment, nous avons gardé leur existence secrète. Nous étudions les extraterrestres, leurs pouvoirs…

Des pouvoirs ? Comme tes visions ? Non, ça ne peut pas être lié…

— En échange, nous tentons de les protéger. Tu dois te demander pourquoi je te raconte tout cela… C'est parce que toi, Cassandre, tu es exceptionnelle ! Tu es la seule enfant née d'un père humain et d'une mère alien ! C'est prodigieux ! Il faut absolument que nous t'observions et que nous testions ton ADN. Tu comprends, Cassandre ? Tu es un cas unique !

Les yeux du Dr Moreau s'animent d'une lueur malicieuse. Toutes ces révélations te laissent bouche bée. Tu as vraiment du mal à te faire à l'idée que ta mère puisse être toujours en vie, et encore plus à ce qu'elle soit une extraterrestre. Après tout, la teinture, ça existe. Et pour les yeux… Ces yeux qui brillent, en revanche… Ah oui. Ça, c'est difficile à expliquer.

Pourtant, la preuve est là, devant toi. Une chose est sûre : tu sais que tu ne peux pas laisser la stupeur t'envahir. Tu ne peux pas te fier au Dr Moreau. Et s'il dit la vérité sur les origines de ta mère, tu as l'intuition que tu ne peux pas lui faire confiance.

Comment te débarrasser d'Anton ? Apparemment, nul besoin d'y réfléchir ! Ta mère jouait la comédie : elle se redresse d'un coup et se sert de ses menottes pour asséner un énorme coup dans le dos du docteur, qui s'effondre dans un râle, assommé. Ta mère se tourne vers toi, avec un sourire rassurant.

— Je ne prends jamais les cachets qu'ils me donnent !

Malgré tout, tu restes sur tes gardes, tandis qu'elle tend les mains vers toi, visiblement pour que tu la délivres.

— C'est toi… maman ?

— Oui, c'est bien moi. Je t'expliquerai tout, quand on aura le temps. Vite, aide-moi.

D'un côté, le portrait craché de ta mère. De l'autre, un scientifique un peu louche, de mèche avec les militaires, qui t'ont enlevée. Ton choix est vite fait. Tu aides la femme à se débarrasser de ses menottes, volant les clefs dans la poche d'Anton. Elle se frotte les poignets en te regardant.

— Les scientifiques gardent ton père dans une serre, tout près du laboratoire. Nous devons le libérer et nous sauver ! t'explique-t-elle.

Pourquoi ton père est-il dans une serre ? Tu répondras à cette question plus tard… En attendant, tu décides de suivre ta mère sans plus la questionner.

Deux chemins s'offrent à vous. L'un est plus court, mais plus difficile à emprunter : le conduit d'aération. Attention, ta mère est souffrante. L'autre est plus long, mais moins compliqué : il faut faire le tour du bâtiment par l'extérieur. Attention : ce chemin est plus surveillé.

1) VOUS PASSEZ PAR LE CONDUIT D'AÉRATION
- UN PETIT PAS VERS LA PAGE 246

2) VOUS FAITES LE TOUR DU BÂTIMENT
- LES PAGES TOURNENT... ET S'ARRÊTENT PAGE 119

LIBÉRATION ET NOUVELLE VISION

Un militaire tente de te barrer la route. Heureusement, ta main atteint la clef ! Tu la saisis et te relèves vivement pour l'insérer aussitôt dans le panneau de contrôle. Bien joué ! Toutes les menottes sont désormais désactivées, les Aliens sont maintenant tous libres. Ils prennent peu à peu le dessus sur les soldats qui, désemparés, tirent à tout-va.

Cependant, vous continuez de subir des pertes. Au milieu de tout ce grabuge, tu as une nouvelle prémonition : ton père, enchaîné, dans un sous-sol. Est-il au même niveau que toi ? Tu es également présente dans ta vision, armée d'un taser extraterrestre à filet immobilisant. Sur le chemin vers le laboratoire, Gray t'a en effet expliqué que les scientifiques se sont approprié beaucoup d'artefacts de la technologie des Aliens… Cet objet doit faire partie du butin. Mais, en attendant, il faut aider tes amis : comme tu ne peux pas combattre, tu vas au secours des blessés. Tu traînes ceux qui ne peuvent plus marcher et soutiens ceux qui peuvent se relever, pour les mettre à l'abri. Enfin, le sifflement des balles s'arrête. Les extraterrestres ont remporté ce premier combat !

Après avoir récupéré les armes des soldats, tu suis Gray et les siens à travers les couloirs du sous-sol. Il s'agit maintenant d'aller libérer tous les autres, ceux qui subissent encore des tests, ceux qui sont torturés, ceux qui sont retenus dans d'affreuses conditions parce qu'ils n'intéressent déjà plus les scientifiques. Ton père, dénué de pouvoirs, est-il gardé avec eux ? Tu en auras bientôt le cœur net. Tu racontes à Gray ta vision. Lui aussi pense que ton père ne doit pas être loin. Alors que vous avancez tous en groupe dans le souterrain, tu passes devant une grande armoire vitrée, renfermant une collection d'objets extraterrestres. Tu t'arrêtes quelques secondes, captivée par ces gadgets venus d'une autre planète… tu aperçois justement le taser immobilisant de ta vision ! Tu t'apprêtes à prévenir tes amis, mais tu les vois s'éloigner. Ils n'ont pas dû te voir t'arrêter, car tu ne les aperçois déjà presque plus…

Que faire ? Seul Gray a le plan du laboratoire ! Pourras-tu te repérer sans lui ? Si tu perds ton groupe, tu risques de te retrouver seule à devoir affronter des militaires. Certes, tu as récupéré toi aussi le fusil d'un des soldats, mais face à des dizaines d'ennemis, comment faire le poids ? Veux-tu chercher le taser extraterrestre de ta vision au risque de perdre ton groupe, ou préfères-tu rattraper tes amis pour ne pas rester seule ?

1) TU RÉCUPÈRES LE TASER EXTRATERRESTRE

- C'EST CADEAU ! VA VOIR À LA PAGE 292

2) TU RENONCES ET SUIS TON GROUPE

- VA PLUTÔT À LA PAGE 202

LA SALLE DES TESTS

La petite salle de laboratoire dans laquelle tu te retrouves n'a rien de rassurant : elle t'évoque la clinique d'un dentiste, ce qui n'est déjà pas très agréable, mais dans ce cas précis, ce serait la salle de consultation d'un dentiste fou qui n'aurait qu'une idée en tête : te torturer.

En effet, au milieu de la pièce trône un fauteuil pourvu d'entraves et entouré de divers accessoires plus effrayants les uns que les autres : des scalpels tranchants, des ustensiles inconnus dont certains ressemblent à des mini scies électriques, des seringues aux contenus douteux… Tu sens la panique prendre le dessus sur ton courage.

Derrière toi, dans l'embrasure de la porte, le Dr Moreau te désigne le fauteuil, sans un mot. Son regard a perdu toute bienveillance. Ses yeux sont mauvais, ses traits sont crispés. Son air sournois fait froid dans le dos.

Tu es incapable de bouger. Moreau ferme la porte à clef et insiste froidement :

— Dépêche-toi, installe-toi sur le fauteuil.

Pas le choix. Tu te diriges donc vers le siège et t'assieds en tremblant. Il faut réfléchir… vite. Tu regardes la porte que le Dr Moreau vient de verrouiller, et ton angoisse redouble. Tu commences à suer, tu es prise d'un violent mal de tête. Sans prévenir, une vision t'apparaît : ta mère, dans la même pièce, exactement dans la même position que toi, face au Dr Moreau. Elle se débat sur le fauteuil pour échapper aux analyses, tandis que des aides se saisissent de sangles pour l'attacher au fauteuil. Les images disparaissent, te laissant un peu désorientée. Était-ce une vision du passé, ou bien ton imagination qui te joue des tours ?

— Tu sais qu'on tient ton père, n'est-ce pas ? te parvient une voix, qui t'arrache à ta vision. Alors je te conseille de faire tout ce que je dis.

Sortie de ta torpeur, tu remarques que le Dr Moreau est déjà en train de préparer ses instruments. Le dos tourné. Tu n'as qu'une chance de t'en sortir. Il faut agir, maintenant !

Autour de toi, les outils ne manquent pas… Prends le premier à ta portée ! Choisis une page.

1) TU CHOISIS LA PAGE 137
2) TU CHOISIS LA PAGE 126

DANS LES VESTIAIRES

Jouons la sécurité : te déguiser t'a jusqu'à maintenant plutôt bien réussi. Tu pousses la porte du vestiaire et y pénètres rapidement. La première chose que tu es tentée de faire est d'en ressortir aussitôt : l'odeur de sueur qui se dégage de ce lieu est ignoble… On dirait les vestiaires du gymnase de ton collège ! Qu'est-ce que peuvent bien fabriquer les scientifiques pour autant transpirer ? Mais ce n'est pas vraiment ce mystère que tu es venue élucider… Ayons le sens des priorités : il est temps de jouer les scientifiques.

Tu passes les blouses en revue et choisis la plus petite. Alors que tu t'apprêtes à sortir, la porte battante s'ouvre, découvrant un scientifique qui entre en sifflotant. Incapable de réagir, tu restes bêtement pétrifiée. Le scientifique te salue nonchalamment puis se retourne, surpris. Il t'observe cette fois avec minutie et se rend bien vite compte que tu ne fais pas partie de l'équipe.

— Mais qui es-tu ? te demande-t-il. Qu'est-ce que tu fais ici ?

Tu balbuties quelques mots d'excuse peu compréhensibles. La peur t'envahit et, face au regard sévère de ton interlocuteur, tu commences à vraiment paniquer. Tes yeux se mettent à briller sans que tu ne puisses les contrôler : la marque des extraterrestres ! Le scientifique fait immédiatement le lien. Il se jette alors sur toi, mais tu essaies de résister. Vous luttez et, alors que ton adversaire tente de te repousser contre le mur, ta tête heurte le bord d'un casier. Tu t'écroules sur le coup, évanouie.

OUCH ! ESSAIE ENCORE !

TU VEUX PEUT-ÊTRE RETOURNER À LA PAGE 76 ?

DANS LE COULOIR

Tu arrives dans un des longs couloirs du laboratoire. Comment te repérer ? Ce bâtiment est constitué de nombreuses allées, et tu n'en connais pas les issues… Après quelques pas, tu tombes sur un couloir plus petit, que tu empruntes par souci de discrétion. Il sera sûrement moins fréquenté. Le tout est de ne surtout pas être remarquée. Manque de chance : à peine as-tu avancé de quelques mètres qu'une silhouette se profile sur le mur ! Impossible de faire demi-tour. Ton seul espoir est qu'il ne sache pas qui tu es, ou qu'il ne te remarque pas. Il n'a pas encore tourné l'angle du couloir que tu baisses déjà la tête en longeant la paroi, essayant de dépasser cette personne comme si de rien n'était. Et cela semble fonctionner ! Aucune réaction. Tu continues ton chemin, puis…

— Attends !

Mince ! C'était trop beau pour être vrai ! Tu te retournes et prêtes pour la première fois attention à ton interlocuteur.

Cet homme te dit quelque chose… N'as-tu pas eu une vision dans laquelle il apparaissait ? Ses cheveux verts, ses yeux lumineux, tu n'as aucun doute ! Au fait… il attaquait un scientifique dans ta vision… Soudain, cela devient évident : le scientifique en question est le Dr Moreau, le père de Nora !

Auriez-vous donc un ennemi commun ? Cet homme que tu ne connais ni d'Ève ni d'Adam pourrait-il être ton allié ? Il faut rester méfiante, tu ne voudrais pas te faire avoir. Ton interlocuteur doit sentir tes craintes, car il se veut tout de suite rassurant :

— N'aie pas peur de moi… Nous sommes pareils. Moi aussi, j'ai été capturé par les Drs Anton et Frédérique Moreau. Mais je peux nous sortir d'ici. Suis-moi !

Il t'en faudra un peu plus pour faire confiance à cet homme ! Tu ne bouges pas d'un iota. L'homme mystérieux poursuit :

— Je m'appelle Gray, et je te jure que je peux t'aider. Sais-tu ce qu'est ce centre ?

Tu restes muette, encourageant Gray à continuer.

— C'est un laboratoire de tests sur les extraterrestres ! Les scientifiques se servent de moi pour contrôler les autres Aliens. Mais ne t'inquiète pas, je ne suis pas un traître ! Ce poste est une couverture qui me permet de libérer certains de mes amis en les faisant passer pour morts.

Cette révélation te laisse sans voix : cette histoire d'extraterrestre, l'idée que tu puisses en être une… c'est beaucoup à digérer. Mais cela pourrait expliquer le comportement et les mensonges de Moreau. Tu redoubles d'inquiétude… Qu'est-il vraiment arrivé à ton père ?

Gray ne paraît pas mentir. De plus, la vision que tu as eue va bien dans le sens de son discours : cet homme n'est clairement pas humain ! Toi-même, tu t'es déjà rendu compte ces derniers temps que tu n'étais pas tout à fait comme les autres, et le passé de ta mère n'est vraiment pas clair. Pourtant, peux-tu te fier à un parfait inconnu ? On t'a déjà assez menti !

— Décide-toi ! te crie Gray. Nous n'avons pas beaucoup de temps !

Tu es divisée : tu pourrais bien sûr lui faire confiance, mais ton père, si Moreau a dit vrai, doit toujours être emprisonné quelque part dans ce laboratoire. Toutefois, peut-être qu'il vaut mieux fuir pour aller chercher de l'aide ? Ton père peut-il attendre ? Est-il dans une situation de danger immédiat ? Sur ce coup-là, il va falloir faire confiance à ton instinct.

1) TU SUIS GRAY VERS LA SORTIE

- TON PÈRE T'A TOUJOURS DIT DE NE PAS PARLER AUX INCONNUS ? ET ALORS ! C'EST LUI QUI EST EMPRISONNÉ, À CE QUE TU SACHES !

SUIS GRAY À LA PAGE 270

2) TU DEMANDES À GRAY DE T'AIDER À RETROUVER TON PÈRE

- C'EST POUR ÇA QUE TU ES LÀ.

VITE, VA À LA PAGE 204

AU LABORATOIRE AVEC RYAN

Tu pèses le pour et le contre… Sans les écrans, vous ne verrez pas surgir le danger. En même temps, si tu traverses le laboratoire accompagnée de Ryan, tu auras la couverture parfaite : il te suffira de jouer les prisonnières, le militaire devrait bien réussir à justifier ta présence… Et puis, avec lui, tu seras bien protégée. En plus, il connaît le laboratoire comme sa poche, tu ne risques pas de te tromper de chemin.

Tu acceptes donc l'offre de Ryan, et vous descendez ensemble la tour de contrôle. Cependant, Ryan n'est pas très enclin à te menotter pour expliquer ta présence. Il ne s'occupe jamais des prisonniers. D'ailleurs, il n'est même pas censé quitter son poste à la tour de contrôle. Il va donc tout de même falloir être prudent. Ton nouvel ami a une idée : il reçoit parfois l'ordre de transférer les produits chimiques des scientifiques du hangar des fourgons jusqu'aux salles d'examen. Peut-être que vous pourriez utiliser ce prétexte ? Vous vous faufilez jusqu'au hangar. Tu vois alors Ryan inspecter des barils sur lesquels est inscrite l'indication : « Produit dangereux ». Ce n'est pas très rassurant…

— Celui-ci est vide ! se réjouit Ryan. Grimpe !

Quoi ? Il veut te faire monter là-dedans ? Est-ce bien raisonnable ? Mais le soldat semble sûr de lui, et le temps presse… Tu mets donc tes craintes de côté et enjambes le tonneau pour t'accroupir à l'intérieur.

— Parfait ! Allons-y ! ajoute le militaire.

*

Tu ne perçois plus rien : ni la direction que vous prenez ni les rencontres que vous faites… Tu es dans le noir complet. C'est un peu frustrant, mais tu es surtout concentrée sur les parois du tonneau, contre lesquelles tu t'arc-boutes pour ne pas te blesser : le soldat traîne le baril derrière lui, ce n'est franchement pas très agréable. À chaque cahot du terrain, tu te mords la lèvre pour retenir un cri. Tes muscles, tendus depuis trop longtemps, te font souffrir le martyre… Vivement que Ryan et toi trouviez un terrain plus stable !

Bientôt, les sons de la nature se taisent : ouf, vous êtes entrés dans le laboratoire, le voyage est un peu moins chaotique. Ton petit abri ne cesse de tourner d'un côté puis de l'autre, à mesure que le soldat emprunte de nouveaux couloirs. Puis, tout à coup, le tonneau s'immobilise. Ryan aurait-il rencontré quelqu'un ? Tu en as vite la confirmation.

— Soldat Ryan ! Arrêtez-vous ! avertit une voix de vieil homme. Que faites-vous ici ? Avec un tonneau de surcroît… Qui garde la tour de contrôle ?

Tu sens immédiatement au ton de ton ami qu'il n'est pas très à l'aise :

— On m'a ordonné de livrer ce baril aux Drs Moreau… tente-t-il maladroitement.

— Mais qu'est-ce que vous racontez ? C'est moi votre supérieur ! Qui vous a donné cet ordre ridicule ?

Ryan fait ce qu'il peut, mais son manque d'assurance prend le dessus. Il bafouille quelques explications grotesques… Il ne sait plus vraiment qui. Était-ce un scientifique ? Il ne sait plus vraiment quand non plus… Le commandant n'est évidemment pas dupe :

— Vous me décevez, soldat Ryan. Vous autres, emparez-vous de lui !

La plaie ! Ryan n'est vraiment pas très dégourdi… Enfin, c'est ce que tu crois. Car tout à coup, tu sens le tonneau foncer vers l'avant, puis rouler à toute vitesse sur le sol. Tu tournes sur toi-même, sans rien comprendre à ce qui se passe. Puis tu sens un choc violent contre le baril. Tu as envie de vomir et des bleus partout, mais c'est de nouveau le calme et le silence.

— Ouf ! dit simplement Ryan.

La paroi du tonneau s'ouvre enfin, te laissant découvrir le sourire satisfait de ton ami.

— Je les ai bien eus ! ajoute-t-il, tout content de lui-même.

Tu sors du tonneau, l'estomac en vrac. Tu fais quelques pas de travers avant de retrouver ton équilibre. C'est alors que tu découvres les corps inertes du commandant de Ryan et de ses adjoints. Ryan les a eus, en effet ! En plein dans le mille !

— Ils ne resteront pas inconscients éternellement, se reprend le soldat. On devrait filer. Quelqu'un va sans doute donner l'alerte !

Ton ami te montre la direction, mais tu hésites : ne vaut-il pas mieux prendre le temps de ligoter et de cacher les militaires ? En même temps, Ryan a raison : rester trop longtemps ici peut être risqué… Que veux-tu faire ?

1) LIGOTER LES MILITAIRES INCONSCIENTS

- ON N'EST JAMAIS TROP PRUDENT.

VA À LA PAGE 252

2) JOUER LA MONTRE : FUIR IMMÉDIATEMENT

- LE TEMPS PRESSE ! DÉPÊCHE-TOI DE TE RENDRE À LA PAGE 274

DIVERSION ET ATTAQUE DES SOLDATS

Grimper aux arbres te semble vraiment risqué : ce n'est pas une entrée particulièrement discrète et, à califourchon sur une branche, difficile de se protéger ou de riposter. Vous seriez des cibles trop faciles ! Mais impossible de passer par la porte sans être repérées par les soldats ! Alors, tant qu'à abandonner l'idée d'une arrivée furtive, autant y aller au culot : tu iras à la rencontre des soldats, prétextant vouloir te rendre, et ta mère profitera de cette petite diversion pour les attaquer par surprise.

Prenant ton courage à deux mains, tu approches de la serre en te dirigeant directement vers les soldats. Stupéfaits, ces derniers braquent tout de suite leur arme sur toi, mais prennent heureusement le temps de t'interroger :

— Halte-là ! ordonne l'un des deux gardes. Tu n'as rien à faire ici, gamine. C'est une zone militaire sécurisée.

Tandis que tu fais semblant d'écouter le soldat avec l'air de l'adolescente qui se fait encore une fois disputer, tu observes discrètement ta mère qui, ayant longé les verrières de la serre, est maintenant tout près de vous, dans le dos des militaires. Tu tentes de conserver votre avantage en relançant la discussion :

— J'étais simplement en train de me balader dans les bois… Je crois que je me suis perdue, dis-tu d'un ton candide.

Le soldat n'est pas convaincu par ton petit numéro et saisit son talkie-walkie pour se renseigner. Pendant ce temps, ta mère continue d'avancer, s'apprêtant à bondir sur les militaires. Cependant, le soldat qu'elle vise doit sentir le mouvement dans son dos, car il se retourne vivement et bloque le coup porté par ta mère juste avant qu'elle ne l'assomme. Il l'attrape alors brusquement par le bras afin de l'immobiliser. Ta mère lutte pour se défaire de son emprise, mais il est très vite secondé par son collègue, qui abandonne l'idée d'appeler ses supérieurs. En quelques secondes, vous êtes toutes les deux menottées. La prochaine étape, c'est le scalpel.

GAME OVER !

N'HÉSITE PAS À RECOMMENCER L'AVENTURE
OU À REVENIR PAGE 246 !

ALLEZ EN PRISON.
NE PASSEZ PAS PAR LA CASE DÉPART.
NE TOUCHEZ PAS 200 EUROS.

Vous traversez le bâtiment, qui semble presque désert à présent. Dax est à tes côtés, comme s'il t'escortait. Tu gardes toujours discrètement son arme braquée contre lui. Tu retiens ta respiration. Et si vous croisiez ses collègues ? Te dénoncerait-il ? Il doit se douter à présent que tu ne lui feras rien. Ou bien es-tu plus effrayante que ce que tu imaginais ?

Vous arrivez à la prison du laboratoire. Ton cœur bat la chamade. Si ta mère est toujours en vie, elle est probablement là. Ton père aussi y est. Vas-tu enfin retrouver tes parents ?

Deux gardes qui font leur ronde arrivent dans votre direction. Dax fait mine de t'emprisonner. Vous vous approchez d'une cellule vide, qu'il ouvre.

Les gardes s'éloignent. Tu les regardes partir. Une fois que tu es certaine que la voie est libre, tu assommes Dax avec ton arme et l'enfermes. Tu as peu de temps ! Tu rejoins le panneau de contrôle et cherches la commande pour ouvrir les cellules. Dans la panique, tu appuies sur tous les boutons, tu actives des commandes que tu ne maîtrises pas, éteins la lumière.

Les cellules s'ouvrent, enfin. Les extraterrestres sortent.

La patrouille revient aussitôt et tire sur les Aliens qui se jettent sur eux pour se défendre. Toute cette agitation alerte d'autres soldats, qui arrivent au pas de course, suivis de près par les Moreau. Tu ne vois pas ton père, et encore moins ta mère. C'est le chaos, la bataille fait rage.

Tu aperçois les Moreau aux prises avec des Aliens ; ils ont été séparés des soldats qui les accompagnaient. Tu hésites : le laboratoire est vide, tous les soldats sont ici pour empêcher les Aliens de sortir, tu devrais peut-être en profiter pour fouiller les lieux ?

1) TU PROFITES DE LA CONFUSION POUR FOUILLER LE LABORATOIRE : PAGE 216

2) TU ESSAIES DE COINCER LES MOREAU POUR LES INTERROGER
- TU TENTES LE TOUT POUR LE TOUT PAGE 187

AU SECOURS DE TON PÈRE

L'idée d'abandonner ton père à son sort t'est insupportable. Tes amis comptent sur toi, mais ils sont nombreux et dotés d'incroyables pouvoirs : ils pourront résister quelques minutes supplémentaires, tu en es sûre. Ton père, lui, est seul et sans défense. Tu décides donc de retarder ton plan pour aller lui porter secours.

Le temps de faire ton choix, ton père a déjà disparu, embarqué par le Dr Moreau. Tu te précipites dans la direction qu'ils ont prise, à la poursuite du brancard.

Tu as juste le temps d'apercevoir Frédérique Moreau le pousser à travers les portes battantes d'une petite pièce avant qu'elle ne disparaisse de nouveau. Tu rejoins l'entrée, en espérant que la scientifique ne t'ait pas vue. Les portes vitrées te permettent de jeter un coup d'œil dans la salle : un microscope, des fioles Erlenmeyer et béchers pleins de substances nébuleuses, du matériel médical… Le Dr

Moreau injecte un produit dans le bras de ton père, qui sombre dans l'inconscience. Elle paraît seule : il faut agir.

Tu pousses les portes battantes et, lorsque Moreau se retourne, tu as déjà attrapé le premier objet qui t'est tombé sous la main, le microscope. La scientifique n'a pas le temps de réagir : tu lui flanques un grand coup de microscope sur la tête. Elle s'écroule aussitôt, bien assommée. Tu ne crois pas toi-même à ce que tu viens de faire ! Tu n'aurais jamais pensé un jour te servir d'un microscope de cette façon ! Ton père, dans son sommeil, murmure quelque chose d'inaudible. C'est déjà cela : il n'est qu'endormi. Tu te hâtes d'arracher sa perfusion et tentes de le réveiller. Il faut faire vite : le Dr Moreau commence déjà à remuer. Plus possible de faire dans la dentelle : tu secoues ton père sans ménagement pour le réveiller. Il finit heureusement par émerger, mais il est encore tout engourdi. Tu avises le matériel médical et déniches une béquille. Alors que vous vous apprêtez à sortir, un soldat entre dans la pièce :

— Tout va bien, docteur Moreau ? demande-t-il, inquiet.

Mince ! Il a dû la voir entrer ici pendant la déroute… Le militaire vous aperçoit et saisit son fusil, prêt à tirer. Ton regard croise celui de ton père et, ensemble, vous poussez le brancard en direction du soldat qui, pris de court, ne cherche même pas à se protéger. Il s'effondre lourdement au sol.

Ton père a encore besoin de toi : il a été maintenu dans les vapes pendant presque toute sa détention. Il n'a aucune idée de la manière de sortir de cet enfer ! Seulement, tu n'as pas encore rempli ta mission, il est hors de question de fuir sans avoir libéré tes amis. Ton père n'est pas de cet avis : sa priorité, c'est que tu sortes d'ici saine et sauve. Mais devant ton air obstiné, il comprend vite qu'il est inutile de se disputer. Vous sortirez d'ici avec tous les prisonniers, ou pas du tout. Alors que ton père regarde si la voie est libre, tu avises quant à toi les armes du malheureux soldat. Tu voudrais en récupérer une pour te défendre, mais tu sais que ton père n'approuvera pas. Avant de sortir, tu te penches pour en ramasser une, discrètement. Laquelle ?

1) TU PRENDS LE PISTOLET, PLUS FACILE À MANIER - *BANG BANG ! PAGE* 212

2) TU SAISIS LA MITRAILLETTE, PLUS EFFICACE

- *TATATATATATATATATATA ! PAGE* 97

VERT : J'ESPÈRE...

— Le bouton vert ! affirmes-tu. C'est forcément le bouton vert ! C'est toujours le bouton vert !

Tu sembles surtout vouloir t'en convaincre toi-même.

— Tu es sûre ? demande-t-il sur un ton dubitatif. Tu as dit toi-même que les Drs Moreau étaient trop intelligents pour agir de façon évidente... Peut-être est-ce une autre de leurs ruses ?

— Il n'y a aucune raison !

Le militaire se mord nerveusement la lèvre.

— Mais peut-être qu'ils ont pensé que tu te dirais ça ?

— Et peut-être qu'ils ont pensé qu'on penserait qu'on se dirait ça. Ryan, le tableau de contrôle est dissimulé tout au fond d'un coffre-fort, assures-tu, maintenant un peu énervée. Un coffre gardé dans une pièce secrète, dans leur bureau personnel ! Pourquoi auraient-ils piégé un dispositif dont ils sont les seuls à détenir l'accès ?

Ce dernier argument fait mouche : Ryan finit par hocher la tête.

— Prêt ? demandes-tu quand même.

— Prêt, répond-il franchement.

Tu glisses la main à l'intérieur du coffre, et appuies sur le bouton vert.

Une alarme stridente se met à résonner dans tout le laboratoire, bientôt suivie d'une voix robotique annonçant le compte à rebours :

— Système d'autodestruction activé. Désintégration du laboratoire prévue dans 30, 29, 28, 27…

Trente secondes ? C'est tout ce que vous avez pour fuir ? Sacrée décharge d'adrénaline… Tu bondis vers la porte, suivie du soldat. Dans les couloirs, vous croisez des dizaines de scientifiques et de militaires se disputant les sorties, paniqués. Malheureusement, le bâtiment est immense et le temps dont vous disposez trop court. Vous ne parviendrez pas à sortir à temps.

DOMMAGE, TU N'AVAIS QU'UNE CHANCE SUR DEUX DE PERDRE !

ALLEZ, SI TU PRÉFÈRES, TU PEUX RETOURNER À LA PAGE 88

RYAN TE GUIDE DEPUIS LA TOUR

Tu insistes : tu as trop besoin de Ryan pour te guider ! Il faut donc qu'il reste à son poste dans la tour de contrôle. C'est le seul moyen d'éviter d'autres rencontres malheureuses. Ryan finit par accepter de te laisser partir seule, à une condition : que tu partes mieux équipée. Les deux soldats assommés t'offrent le déguisement parfait ! Si tu te rends au laboratoire vêtue en militaire, tu auras beaucoup moins de chances d'être repérée. Tu observes donc les deux soldats inconscients et choisis le plus petit des deux. Avec l'aide de Ryan, tu le déshabilles en prenant soin de ne pas le réveiller.

Te voilà costumée en parfait petit soldat. Les vêtements sont un peu larges, mais cela fera l'affaire. Tu décides cette fois d'emprunter l'escalier : c'est tout de même moins risqué, et ton nouveau costume t'en offre la liberté. Alors que tu traverses la clairière en direction du bâtiment, tu prends tout de même garde à éviter les patrouilleurs, baissant la tête dès que tu en rencontres un malgré tout. Encore quelques mètres… Voilà, tu entres dans le laboratoire. Désormais, l'aide de Ryan va t'être essentielle !

Le soldat te guide à travers le labyrinthe d'étages et de couloirs. Sa voix est un véritable GPS, tu n'as qu'à suivre ses instructions. Plus d'une fois, Ryan te sauve la mise, t'indiquant l'arrivée de militaires ou la présence de chiens de garde. Il faut parfois faire des détours, mais, au moins, tu évites les dangers. Soudain, tu entends un cri strident. Tu regardes autour de toi, cherchant l'origine du bruit. Tu aperçois à travers une porte vitrée la cellule spéciale que tu avais repérée sur les écrans de sécurité. Tu t'approches jusqu'à te coller à la vitre pour mieux voir. Quelqu'un se trouve à l'intérieur, bâillonné. Cette silhouette… Le visage de la prisonnière se tourne vers toi. Cette femme… Tu sens ton rythme cardiaque s'emballer. Il faut absolument que tu ailles la sauver ! Et si c'était elle, enfin ! Tu dois en avoir le cœur net. Tu t'apprêtes à ouvrir la porte quand Ryan intervient dans l'oreillette :

— Surtout pas ! crie-t-il. Ne passe pas par là ! C'est trop dangereux, tu ne sais pas à quoi t'attendre !

Tu protestes :

— Si ça se trouve, c'est ma mère, Ryan ! S'il y a la moindre chance que ce soit bien elle, qu'elle soit encore en vie, je dois la libérer !

— Tu ne comprends pas ! renchérit le soldat. Nous devons suivre notre plan. Les scientifiques ont piégé presque toutes les portes du bâtiment… Tu risques de te faire avoir !

Tu es tiraillée… Même si, malgré la ressemblance criante, ce n'était pas elle, tu t'en voudrais éternellement de ne pas lui venir en aide… Elle semble si souffrante ! Et d'un autre côté, tu as la certitude que ton père est retenu ailleurs, sans doute prêt à subir le même sort.

— Je connais une autre façon de pénétrer dans cette pièce, tente Ryan. Si tu suis le chemin que je t'indique, tu pourras y entrer par l'accès privé des Drs Moreau. C'est beaucoup plus sûr !

Tu es sur le point de te ranger à l'avis du soldat, même si cela devait retarder tes possibles retrouvailles avec ta mère. Mais, alors que tu t'apprêtes à repartir, tu la vois s'effondrer de douleur au sol. Veux-tu aller la sauver au mépris du danger, ou souhaites-tu écouter Ryan ?

1) TU VAS AIDER TA MÈRE

- ÇA SE TENTE. ET ÇA SE LIT PAGE 193

2) TU ÉCOUTES RYAN ET SUIS LE CHEMIN QU'IL T'INDIQUE

- APRÈS TOUT, C'EST L'INTÉRÊT D'AVOIR QUELQU'UN QUI CONTRÔLE LES CAMÉRAS.

VA VOIR CE QUI T'ATTEND PAGE 265

EFFET BOOMERANG

Devant l'air apathique du soldat, tu te dis que tu as toutes les chances de le prendre au dépourvu. En un instant, tu te rues sur lui et t'agrippes à son arme. Cependant, le militaire se montre bien plus vigoureux que tu ne le pensais. Il ne paraît pas décidé à te laisser faire !

Le soldat essaie d'abord de te repousser sans t'agresser, conscient que tu es encore bien jeune. Tu tentes cette fois de le déséquilibrer : tu te jettes sur ses jambes de manière à le faire basculer. L'affaire est dans le sac : le soldat s'effondre.

Hélas, il reste cramponné à son arme. Tu es toi-même au sol, il t'est donc très difficile de prendre l'ascendant sur ton ennemi, plus lourd, et entraîné ! Tant que tu n'auras pas récupéré le fusil, tu resteras en position de faiblesse. Tu cherches de nouveau à t'en saisir et penses un instant y être parvenue, car le soldat semble relâcher la pression.

Mais au même moment, un coup de feu retentit, sans que ni l'un ni l'autre n'aient réellement cherché à le provoquer… Ce bruit est la dernière chose que tu entends avant de t'effondrer.

IL FAUT REVOIR TA STRATÉGIE…

EH OUI, TU ES MORT(E). MAIS RETOURNE À LA PAGE 171,
OU REPRENDS L'AVENTURE DEPUIS LE DÉBUT ! READY ?

CERBÈRES ANESTHÉSIÉS

Tu ne peux pas laisser l'arme d'Anton, ce serait trop bête ! Sautillant entre les soldats à moitié assoupis, tu t'approches du corps inerte du savant fou. Il n'a plus l'air si terrifiant… Tu prends beaucoup de précautions au moment de t'accroupir pour récupérer son pistolet. C'est la première fois que tu en tiens un… et tu espères bien que c'est aussi la dernière ! Tout ça est moins drôle que dans tes séries préférées !

Il est grand temps de rejoindre Gray. Tu t'engouffres dans le couloir que l'Alien a emprunté, face à la porte de secours. Mais, alors que tu touches au but, tu te rends compte que Gray n'est plus là… Il a déjà dû sortir. Tu continues donc ta route et tu es presque arrivée à la sortie lorsque, tout à coup, six chiens de sécurité à deux têtes bondissent devant toi ! Encore une invention de ces satanés Drs Moreau !

Ces chiens semblent sortis de l'enfer : leurs deux têtes, différentes l'une de l'autre, comme si la seconde avait été greffée, leur donnent un aspect monstrueux. Leurs regards de feu, leurs dents aiguisées et la bave qui coule de leurs gueules disent tout de leur brutalité. Tu es paralysée de peur… Tu pointes le pistolet d'Anton. Ta cible ne cesse de bouger. Les six chiens se mettent à tourner autour de toi, formant une ronde menaçante. Pas le choix. Tu vises de nouveau l'un des chiens et tires. Une fléchette tranquillisante vient se planter dans le cou de la bête, qui s'effondre aussitôt. Tu l'as eue ! C'était peut-être la chance du débutant, mais tu vas devoir la provoquer encore une fois. Vite, tu vises un autre chien et tires. Malheureusement, la fléchette s'enfonce cette fois dans le mur. Ils sont trop nombreux ! Tu parviens enfin à en toucher un deuxième quand un troisième se jette sur toi sans que tu aies le temps de parer. De toute façon, tu n'as plus de munitions ! Tu fermes les yeux, prête à te faire déchiqueter. Rien ne se passe… Tu rouvres les yeux : Gray est revenu ! Projetées en l'air, les bêtes s'étalent au sol, quelques mètres plus loin, assommées.

— Suis-moi, cette fois ! te sermonne l'extraterrestre.

Vous passez tous les deux la porte sans encombre et arrivez dans la clairière. Vous courez à travers les herbes hautes, mais vous êtes rapidement repérés par des soldats. Comment les semer ? Tu remarques alors un hélicoptère posé non loin de vous, près du laboratoire… Serait-ce la solution ?

1) TU VOLES L'HÉLICOPTÈRE, MÊME SI TU N'EN AS JAMAIS PILOTÉ

– VRRR, PAGE 141 !

2) C'EST TROP RISQUÉ, TU FUIS À PIED

– VIVE LE CARDIO ! BONNE IDÉE. SI TU SURVIS, VA VOIR PAGE 159 !

LE SILENCE EST D'OR

— Je ne vois pas de quoi vous voulez parler.

C'est la seule phrase que les Moreau arrivent à tirer de toi, après quoi tu décides de ne plus dire un seul mot.

Hélas, Anton et Frédérique tentent de te faire culpabiliser.

— Mais si, réfléchis bien. Tu dois tout nous dire, en mémoire de ta mère qui a vécu la même chose, insiste Anton.

Tu détournes le regard, et tu te tais. Cette technique marche généralement au collège. Avec un peu de chance, ils finiront par se résigner.

Frédérique Moreau semble moins patiente que son mari. Elle se lève et te lance, sèchement :

— Nous ferons ces examens quoi qu'il en soit. Tu n'as pas vraiment le choix.

Ton père n'a rien dit depuis le début de l'entretien, mais tu sens bien que quelque chose ne va pas. Il profite d'un moment d'inattention des Moreau, attrape un dictionnaire médical et les assomme de deux coups secs.

— On y va, maintenant.

Tu ne reconnais presque pas la voix de ton père. À vrai dire, tu ne le reconnais pas. Il est calme, mais autoritaire. Néanmoins, pour une fois, tu as envie d'être d'accord avec lui. Il n'y a pas de temps à perdre.

Vous ouvrez la porte. Beaucoup de gens passent, vous ne pourrez pas sortir discrètement. Tu te mets à regarder fébrilement la pièce, dans les moindres détails. Enfin…

— Là ! t'écries-tu, lui montrant un conduit d'aération.

Ton père enlève la grille et te fait la courte échelle. Une fois en haut, tu tends la main à ton père, qui refuse de monter.

— Voyons, ma chérie, tu vois bien que c'est trop étroit pour moi.

Il a raison. Tu es désespérée, mais il va falloir laisser ton père. Il tend la main vers toi, comme pour te frôler les doigts. Plus cliché, tu meurs… Et pourtant, cela te réconforterait presque.

— Tourne à gauche dès que tu peux, puis continue toujours tout droit, dit-il d'une voix pressante. Tu devrais finir par sortir du bâtiment.

Ton père semble connaître drôlement bien cet endroit. Tu entrevois toutes ces choses qu'il ne t'a pas dites. Sous tes yeux, il prend la blouse d'Anton et sort de la pièce. Tu restes à l'entrée du conduit, à l'affût du moindre son. Tu n'as pas besoin de prémonition pour deviner l'issue de cette escapade. La résignation te glace le sang.

Très vite, tu entends des soldats, puis la voix de ton père : il vient d'être arrêté.

Où l'emmènent-ils ?

VA À LA PAGE 242

TROP BEAU POUR ÊTRE VRAI ?

Les lumières du complexe se rapprochent de plus en plus. La voiture ralentit.

— Ce n'est pas le bon chemin, dis-tu, essayant de ne pas paraître angoissée.

La dame te répond avec douceur mais fermeté :

— Ne t'inquiète pas, nous faisons juste un petit détour.

Tu sens bien que quelque chose ne va pas. Tu protestes, doucement, puis de plus en plus fort.

— Je veux descendre.

Tu tentes d'ouvrir ta portière, quitte à sauter en marche, mais les portières sont verrouillées. La voix de la dame se fait soudain autoritaire.

— Nous sommes bientôt arrivées. Inutile de t'agiter comme ça.

Vous êtes de plus en plus proches du grand complexe, où se détachent plusieurs bâtiments, ainsi qu'un mirador.

Tu vois déjà les hauts grillages et les barbelés de l'enceinte. Plus de doute, à présent : l'inconnue n'avait aucunement l'intention de te ramener chez toi.

En désespoir de cause, tu attrapes le volant et tentes de changer de direction. La dame se débat, essaie tant bien que mal de garder le contrôle du véhicule.

Vous luttez toutes les deux. La femme appuie sur le frein pour arrêter la voiture, elle hurle. La voiture dérape. Plusieurs tonneaux. La ceinture de sécurité et l'airbag te clouent à ton siège pendant que le véhicule finit sa course dans le fossé. La dernière chose que tu perçois, alors que tu as vaguement conscience d'être coincée la tête en bas, c'est l'odeur du feu.

PERDU.

RECOMMENCE... OU BIEN RETOURNE À LA PAGE 148 !

ON NE PACTISE PAS AVEC LE DIABLE

Céder la clef aux savants fous ? L'idée t'est insupportable : si ta mère a pris tant de risques pour la cacher, c'est qu'il y avait une bonne raison… Tu commences à regretter de l'avoir prise, car si les Moreau réussissent à s'en emparer, les souffrances de ta mère auront été vaines. Impossible de passer cet accord, ce serait comme trahir sa mémoire. Ils l'ont eue, elle, mais toi, ils ne t'auront pas !

Et pourtant, tu es tiraillée : comment te résoudre à balayer aussi simplement le seul espoir de sauver ton père ? C'est lui qui te répond, soucieux de soulager ta conscience :

— Ne les écoute pas, Cassandre ! t'implore-t-il. Ce n'est qu'un mensonge de plus !

Désormais sûre de toi, tu confirmes :

— Hors de question ! Je n'ai aucune confiance en votre parole !

Les scientifiques s'impatientent... Frédérique Moreau est hors d'elle.

— Très bien ! hurle-t-elle. Tu l'auras voulu !

En signe de vengeance, elle se précipite vers ton père encore attaché et lui plante une seringue en plein cœur ! Il pousse un cri terrible qui te glace le sang avant de s'évanouir... Du moins, tu espères qu'il est simplement dans les pommes. Se peut-il que le Dr Moreau l'ait tué ? Cela semble en tout cas avoir été son intention.

— Il y a assez de particules extraterrestres là-dedans pour l'envoyer six pieds sous terre en un battement de cils ! affirme-t-elle avec passion.

Son coup est bien réussi... Tu t'effondres, tes mains recouvrant ton visage. Pourtant, tu n'arrives pas à détacher les yeux de ton père. Tant d'efforts pour une si cruelle récompense... Tu fonds en larmes.

Contre toute attente, ton père rouvre les yeux. Des yeux lumineux, fluorescents, inhumains ! En quelques secondes à peine, ses cheveux changent eux aussi de couleur, prenant une teinte rouge écarlate. Ses muscles gonflent tandis que sa fureur se déchaîne : il détruit ses liens avec une facilité déconcertante. Il se relève et, en poussant un cri presque animal, tend les bras vers les Moreau : des éclairs d'une intensité incroyable en surgissent, s'abattant sur les savants fous. Anton et Frédérique sont immédiatement foudroyés. En voulant le tuer, le Dr Moreau a fait de ton père un véritable mutant, plus puissant encore que les Aliens ! Dois-tu t'en réjouir... ou bien t'en inquiéter ? Ryan, avec qui tu échanges un regard, semble avoir la même idée et, indécis, braque son arme sur ton père.

À la vue des scientifiques au sol, ton père se calme aussitôt. Ses yeux reprennent leur éclat naturel. Tu cours vers le soldat pour baisser le canon de son revolver. Cette fois, tu en es sûre, c'est bien ton père : tu l'as vraiment retrouvé !

Après t'avoir serrée dans ses bras, il te rassure : ta mère n'est pas morte ! Les Moreau l'ont gardée emprisonnée durant toutes ces années, mais il sait où elle est ! Ensemble, vous allez pouvoir la libérer. Tu songes un instant à la clef que tu as précieusement conservée : ta mère va peut-être enfin t'expliquer pourquoi les Moreau y tenaient tant ! Mais, en réalité, tu t'en moques un peu. Tout ce que tu veux, c'est enfin rentrer à la maison.

FÉLICITATIONS !

TU AS RÉUSSI À SAUVER TES PARENTS
EN DÉPIT DE TOUS LES DANGERS !
MAIS N'HÉSITE PAS À RECOMMENCER L'AVENTURE.
IL Y A PEUT-ÊTRE D'AUTRES CHEMINS QUI MÈNENT
À LA VICTOIRE. QUI SAIT, TU APPRENDRAS PEUT-ÊTRE À QUOI SERT LA FAMEUSE CLEF…

LES ALIENS SUR LE TOIT

À pas de loup, vous vous dirigez vers les arbres. Tu te retournes pour vérifier si ta mère tient le coup. Cela te rappelle ton enfance, lorsque vous grimpiez aux arbres de Bois-Tempête… Qu'est-ce que tu ne donnerais pas pour revivre ces souvenirs ! Mais pas le temps de rêvasser. Arrivée sur l'arbre le plus haut, tu réfléchis à la manière de rejoindre le toit : il est tout près, il suffit sûrement d'un petit saut.

Alors que tu prends ton élan, tu as une nouvelle vision : ton père en blouse blanche en compagnie du Dr Anton Moreau ! Tu ne sais pas comment interpréter ces images… S'agit-il d'un souvenir ? D'une prémonition ? Pourquoi ton père travaillerait avec cet affreux personnage ? Tu veux poser la question à ta mère, mais tu te ravises : le temps vous est toujours compté, et vous n'êtes pas dans la meilleure situation pour avoir une conversation.

Tu atterris enfin sur le toit, suivie par ta mère. Assez facile, finalement. Toutefois, tu n'es pas rassurée : le toit est fait de verre, et la serre paraît très profonde. Tu avances donc avec prudence. Un premier craquement, puis un second, et des fissures apparaissent sous tes mains. Tu te figes, le cœur battant. Hélas, le toit finit par céder, et tu tombes à l'intérieur de la serre ! Coup de chance : une plante géante amortit le choc.

À peine remise, tu découvres l'intérieur de cette serre gigantesque… Quelle vision d'horreur ! Quelques fleurs modifiées, semblables à des plantes carnivores, couvrent les baies vitrées. Des bocaux contenant des animaux, eux aussi mutants, sont entreposés. Tu aperçois également des installations scientifiques : des liquides fumants, des boîtes de Petri et des tubes à essais contenant des substances diverses, des modélisations de génomes… Le kit complet du savant fou !

Le bruit de ta chute a alerté les soldats. Cachée derrière la plante géante, tu les observes tandis qu'ils entrent. En se servant de son pouvoir d'élasticité, ta mère pénètre à son tour dans la serre, les bras allongés, pendus au trou du toit, jusqu'à ce qu'elle atteigne le sol pour venir à ta rescousse. Elle te tire par la main, et vous vous mettez à avancer silencieusement, en vous cachant autant que possible derrière des plantes, pour ne pas être découvertes par les soldats. Mais ils s'approchent dangereusement… Veux-tu tenter le tout pour le tout et les attaquer, ou préfères-tu continuer à t'éloigner discrètement ?

1) TU AVANCES DISCRÈTEMENT DANS LA SERRE

- UNE SURPRISE T'ATTEND PAGE 178

2) TU ATTAQUES LES SOLDATS

- COURAGEUX… OU TÉMÉRAIRE ? TU LE SAURAS PAGE 122

SUR LA ROUTE

Tu jettes à ton père un regard suppliant.

— C'est bon, papa, lâche-le. Il habite juste à côté.

Ton père n'insiste pas. Ouf ! Tu fais la bise à Elijah et montes dans la voiture en levant les yeux au ciel pour la forme. Ton père le remarque, et une dispute – encore une – éclate. Il en a plus qu'assez de tes airs d'adolescente rebelle devant tes amis, même à la maison tu es de plus en plus difficile. Tu t'insurges : il te traite comme un petite fille alors que tu as quatorze ans, et en plus il faudrait que tu dises « oui papa », et avec le sourire ?

Ton père se tourne vers toi, l'air triste.

— Je ne te traite pas comme une enfant, j'essaie juste de te protéger. C'est normal, non ?

Pas ça encore. De quoi veut-il te protéger ? Dans ce trou paumé, il ne se passe jamais rien ici. De quoi a-t-il peur ? Que tu sois emportée par le vent ?

— Maman aurait compris, elle, j'en suis sûre.

Ton père se raidit quand tu évoques ta mère, comme d'habitude. Il regarde la route sans t'adresser un mot. La conversation s'arrête là. Tu le sais, et tu en es presque soulagée malgré le silence pesant qui s'installe entre vous.

*

La route est sombre, les rares lampadaires clignotent et s'éteignent. Ton père peste dans sa barbe. Les phares de la voiture éclairent des signes « ralentissement », « route barrée », puis « déviation ». Même s'il fait nuit et que les travaux n'ont sans doute pas cours, ton père se sent obligé de suivre les indications.

Vous continuez quelques minutes en silence, jusqu'à ce que tu aperçoives au loin trois grands fourgons kaki et de nombreux hommes en rangs. Des militaires ? C'est étrange… Le seul point de lumière est un vaste bâtiment blanc plus loin sur la route. Soudain, les phares des trois camions s'allument et vous éblouissent.

Tu as une vision : près du bâtiment blanc, les militaires à bord des camions et autour tirent à tout-va. Tu sens l'angoisse te monter à la gorge. Depuis quelques semaines, cela t'arrive de plus en plus souvent d'avoir des visions. Celles-ci se réalisent parfois, mais pas toujours. Tes yeux se sont aussi mis à briller dans le noir. Tu ne sais pas ce qui se passe, mais tu as trop peur d'en parler. Même (surtout !) à ton père. Et si là, tout de suite, tu lui disais que tu le sentais mal, que quelque chose au fond de toi te soufflait qu'il ne fallait pas avancer, il s'inquiéterait sans doute pour toi ou ne te prendrait pas au sérieux.

Ce serait différent si ta mère était là… Mais elle est morte d'une grave maladie génétique quand tu étais petite. Depuis, ça a toujours été juste ton père et toi.

Vous vous rapprochez de plus en plus des militaires. Les images de ta prémonition te hantent : les coups de feu, les cris, les pneus qui crissent. Quelque chose de grave risque d'arriver. Est-ce que tu dois raconter ta vision à ton père ? Lui expliquer qu'il vaudrait mieux faire demi-tour ? Tu te dis qu'il ne te croira probablement pas et te traitera de folle. Ou alors il te posera des centaines de questions auxquelles tu n'es pas prête à répondre, s'inquiétera encore plus pour toi…

1) TU RACONTES TA VISION À TON PÈRE
- VA VOIR SA RÉACTION PAGE 280 !

2) TU NE DIS RIEN
- LES CONSÉQUENCES DE TON SILENCE ? PAGE 128

SAUTE-LASER

— Mes talents en mécanique sont limités ! avoues-tu. Mieux vaut compter sur ton propre don… Je suis sûre que tu en es capable ! ajoutes-tu pour motiver ta mère.

Cette dernière finit par accepter d'utiliser ses pouvoirs : il n'y a pas vraiment d'autre solution. Vous scrutez les alentours : aucun soldat en vue. Sans attendre, vous sortez de votre cachette et vous ruez vers l'issue de secours de la serre.

C'est maintenant à ta mère de jouer ! Elle prend une grande inspiration. Tu découvres alors la force de son pouvoir : comme si elles étaient faites d'argile, les jambes de ta mère s'allongent par-dessus la barrière laser. Malheureusement, ce court effort l'a d'ores et déjà épuisée.

Pourtant, la manœuvre est loin d'être terminée. Ta mère tend les bras vers toi… ou plutôt, ses bras s'étirent et s'enroulent autour de toi. Cette corde improvisée te soulève de terre : ta mère te transporte jusqu'à elle.

Arrivée vers le haut du parcours, ton pied frôle l'un des rayons laser de la barrière. Ta mère semble au bord de l'épuisement. Elle se reprend cependant, et tu atteins enfin le sol. Alors, bras et jambes se replient, et elle retrouve sa forme humaine. Tu presses la paume de sa main pour la remercier et pour la rassurer : vous allez y arriver.

Passant la porte de secours, vous découvrez une serre gigantesque, mais aussi effrayante : les plantes qui en recouvrent les parois n'ont rien de naturel. Elles semblent même agressives, prêtes à attaquer. Tu remarques aussi quelques têtes d'Aliens qui couvrent les murs comme des trophées de chasse… Quelle horreur ! Tu préfères détourner le regard car, malheureusement, tu n'as le temps de te laisser aller à l'émotion. Tu es là pour retrouver ton père.

Vous avancez lentement, prenant garde à ne pas trop vous approcher des plantes, lorsque tu as une vision : ta mère et toi, en train de courir pour échapper à des militaires armés de fusils à fléchettes tranquillisantes.

Que faire ? Dois-tu interpréter cette prémonition comme un avertissement ? Faut-il tout de suite changer de chemin pour éviter les soldats ? En même temps, rien ne t'indique dans les images que tu as vues qu'elles se réaliseront sur ce parcours… Tu as deux choix : prendre la main de ta mère pour changer de direction au risque de perdre du temps, ou continuer sur la même voie en restant vigilante.

1) CHANGER DE DIRECTION POUR ÉVITER LES MILITAIRES

– OU L'ART DE PRENDRE LES CHEMINS DE TRAVERSE, PAGE 173 !

2) RESTER SUR LE MÊME CHEMIN EN OUVRANT L'ŒIL

– EN ESPÉRANT QUE CE SOIT LE BON, VA VOIR PAGE 287

ET L'OSCAR DU MEILLEUR SECOND RÔLE EST ATTRIBUÉ À…

Comptons sur l'ignorance des soldats… Tu préfères ne pas perdre de temps à rejoindre la salle de contrôle, où tu n'es même pas certaine de parvenir à désactiver l'alarme. Pour plus de crédibilité, Ryan te menotte et sort son arme, qu'il maintient contre ton dos. Ce n'est pas une sensation très plaisante, mais il faudra faire avec… pour ton père. Ryan souffle un bon coup.

— Prête ?

— Prête. Allons-y, confirmes-tu.

Vous vous approchez lentement du commando. En entendant grincer les dents de Ryan, tu t'imagines qu'il serre la mâchoire pour paraître menaçant, tandis que tu fais mine de te débattre. Vous ne devez pas être très bons comédiens, car les soldats n'ont pas l'air convaincus. Ils brandissent leurs armes et les braquent sur vous.

— Halte-là ! crie l'un d'entre eux. Identifiez-vous.

— Je viens de trouver cette sale gamine et de la faire prisonnière ! essaie Ryan. Je vais la conduire aux Drs Moreau. Laissez-moi passer !

Tu essaies de rester concentrée, mais tu es consternée par le jeu de ton ami : il en fait des tonnes ! D'ailleurs, le militaire qui vous fait face ne veut rien entendre :

— Je vous le répète : identifiez-vous sur-le-champ !

Ryan finit par donner son matricule… Et à la façon spontanée dont il le donne, tu n'as plus aucun doute : c'est le vrai. S'il pouvait apprendre à mentir de façon crédible, cela t'arrangerait bien. Le militaire rentre l'identification de ton ami sur sa montre connectée et, aussitôt, prévient ses camarades :

— Ce soldat est un traître ! Il est recherché ! Saisissez-vous d'eux !

Ton ami n'y entend rien, et brandit son arme : il parvient à atteindre quelques-unes de ses cibles, mais les soldats sont trop nombreux. En réponse, ils font feu à leur tour. Ton ami s'effondre, et tu prends toi-même une balle dans le bras. Tu tombes à côté de Ryan, et tu sens les soldats t'empoigner. Avant de perdre connaissance, tu as juste le temps de voir la tache de sang qui s'élargit sous le corps de ton ami.

… PAS AU SOLDAT RYAN, EN TOUT CAS !

MAIS NE TE DÉCOURAGE PAS !

RETOURNE À LA PAGE 274… OU À LA PAGE 26 ?

LA CELLULE D'AXIL

L'obscurité est pesante… Tout semble plus silencieux. Pourtant, tu sais que dans ce laboratoire, le danger te guette en permanence. Tu as soudain une étrange impression de déjà-vu. Cette porte… Les images mentales de l'extraterrestre moribond te reviennent à l'esprit : un « A » encerclé, de mystérieuses ellipses… Tu as trouvé la cellule d'Axil !

Curieusement, la porte n'est pas verrouillée. Tu pénètres à l'intérieur et te retrouves plongée dans une grande pièce obscure, au centre de laquelle un seul spot lumineux éclaire crûment une cage aux barreaux rouge sang. À l'intérieur, enfermée, une silhouette… Jambes ligotées et mains enchaînées à de lourdes menottes antipouvoirs, elle fait peine à voir. Tu t'approches, apeurée : serait-ce Axil ? Pour ne rien arranger, tu l'aperçois à peine. Ta vision de nuit est altérée… Tu contrôles encore mal tes pouvoirs et ne cesses de passer d'images claires au flou le plus total. C'est extrêmement frustrant !

Alors que tu avances vers la cage sans oser piper mot, l'extraterrestre prend les devants :

— Cassandre… C'est toi ? demande-t-elle, la voix faible.

Tu te figes. Comment Axil peut-elle connaître ton nom ? Tu n'avais toi-même jamais entendu parler d'elle avant aujourd'hui. Tu n'as pas le temps de poser la question : des bruits de pas retentissent derrière la porte. Les militaires approchent ! Quelqu'un t'aura repérée et aura donné l'alerte…

— Entre sous cette trappe ! s'écrie la prisonnière, manifestement très inquiète.

Mais ton regard est concentré ailleurs : de l'autre côté de la geôle, tu aperçois un panneau de commandes. Et, dessus, une manette susceptible d'ouvrir la cage ! Face aux militaires, Axil te sera d'une grande utilité ! Suivant ton regard, l'extraterrestre captive s'affole :

— Tu ne peux rien pour moi ! La trappe ! Rejoins la trappe ! insiste-t-elle.

Tu es tiraillée… Et si les militaires s'en prenaient à Axil ? S'ils t'ont vue entrer dans la cellule, vont-ils la torturer jusqu'à ce qu'elle avoue où tu te caches ? Comment pourrais-tu laisser faire les soldats en ton âme et conscience ? La poignée de la porte est baissée… tu aperçois déjà la botte d'un militaire. Axil ne peut plus rien dire, mais elle t'implore du regard en désignant la trappe. Que faire ?

1) TU TE CACHES SOUS LA TRAPPE

- PEUT-ÊTRE QU'ON NE TE TROUVERA PAS ?

VÉRIFIE PAGE 222

2) TU TENTES D'OUVRIR LA CAGE

- AVEC LA FORCE SURHUMAINE QUE TU N'AS PAS…

VA VOIR LE RÉSULTAT PAGE 180 !

LA PATIENCE

Tu restes accrochée à ta branche, attendant que les soldats s'éloignent. Tu laisses passer quelque temps. Tu dois à présent être hors de danger.

Te sentant soudain observée, tu te retournes... pour tomber sur une énorme paire d'yeux verts : un gigantesque hibou mutant ! Surprise, tu vacilles et tombes de l'arbre. Tu ressens une forte douleur au crâne, et tu perds connaissance.

*

Lorsque tu te réveilles seule dans la forêt, la nuit est devenue très noire. Tu frottes ta tête douloureuse. Tu suis le chemin qu'ont pris les militaires. Tu marches de longues minutes. Finalement, le bâtiment du laboratoire apparaît entre la cime des arbres.

VA À LA PAGE 195

DIVERSION ET CHAMP DE FORCE

Les extraterrestres sont plus que partagés : faut-il se ranger à l'avis de Gray, qui ne les a jamais déçus ? Doivent-ils plutôt compter sur une diversion qui promet de faire moins de blessés ? Après de vives négociations, la seconde option est finalement retenue : les Aliens tiennent à libérer leurs amis, ils ne souhaitent pas jouer inutilement les héros. Une fois le vote clos, tu jettes un coup d'œil à Gray. Il n'est clairement pas ravi de cette décision qui implique que tu puisses te retrouver seule face aux ennemis. Mais la voix de la majorité a parlé, et tu ne comptes pas faire machine arrière.

Malgré les soldats, vous arrivez vite près du laboratoire en suivant des chemins connus des seuls extraterrestres. À l'orée du bois, vous observez l'immense bâtiment : de nombreux gardes sont sur le qui-vive. Bien que le champ de force qui protège le laboratoire soit invisible, vous le savez, il est bien là. Gray répartit ses cinquante compagnons en petits groupes, qui seront autant de diversions. L'idée est de prendre les soldats par surprise, mais aussi de les désorganiser. De ton côté, tu auras tout le loisir de te rendre à la trappe secrète.

Vous passez enfin à l'action : chaque équipe rejoint sa position, de chaque côté du laboratoire. Quant à toi, tu restes quelques instants en place, témoin d'un étonnant spectacle : les extraterrestres se lancent à l'assaut du bâtiment. Comme prévu, le champ de force devient alors visible, absorbant et annulant les attaques. Rayons laser, éclairs, flammes… Rien ne semble pouvoir pénétrer la forteresse. L'impuissance des extraterrestres à atteindre le champ de force n'empêche pas les militaires de s'inquiéter de leur présence. Tu assistes à un véritable branle-bas de combat : les soldats courent dans toutes les directions, perturbés par les différents points d'attaque. Une alarme retentit à l'extérieur du laboratoire, appelant toutes les unités à rejoindre la bataille. Assez vite, tu aperçois des soldats traverser le champ de force pour affronter les extraterrestres. Ces derniers sont alors libres d'utiliser leurs pouvoirs, et ne manquent pas de riposter avec ardeur. Le combat fait rage : il est temps pour toi de jouer ton rôle.

Tu suis le chemin que t'a indiqué Gray. Profitant de la confusion générale, tu te faufiles sous les barbelés, jusqu'au champ d'herbes hautes entourant le laboratoire. Tu rampes à travers les fougères, aussi discrète que possible. Tu repères bientôt le verger que Gray t'a décrit : les fruits translucides sont immanquables ! Tu t'en approches et découvres, dissimulée derrière un mûrier aux baies venimeuses, une petite trappe sur laquelle des lettres rouges sont presque toutes effacées. Tu te précipites pour soulever la trappe, mais tu dois redoubler d'efforts : la terre séchée bloque l'ouverture. Tu parviens cependant à l'ouvrir, et pénètres sans être vue à l'intérieur.

Un petit escalier métallique débouche sur un grand souterrain. Peu éclairé, humide, l'endroit ressemble à un égout. Cela fait froid dans le dos. Mais tu es décidée : tu poursuis ton chemin en te remémorant les explications de Gray.

Tu es désormais au cœur du sous-sol du laboratoire, suivie par des rats dont ta présence a piqué la curiosité. C'est agréable ! Tu croises parfois des militaires et des scientifiques courant dans tous les sens, affolés. Heureusement, tu parviens à les éviter à chaque fois. Suivant le plan à la lettre, tu arrives enfin devant la petite pièce renfermant le générateur qui alimente le champ de force. Tu es proche du but, prête à le désactiver, quand tu entends un cri derrière toi. C'est ton père ! Tu l'aperçois à peine quelques secondes, avant qu'il ne disparaisse, allongé sur un brancard poussé par le Dr Frédérique Moreau ! Où l'emmène-t-elle ? Ton père semble souffrir… Moreau compte-t-elle en finir avec lui ? Tu pourrais sûrement profiter de l'agitation pour le secourir avant qu'il ne soit trop tard… Mais tes amis t'ont chargée d'une mission de la plus haute importance. Que faire ?

1) SUIVRE LE PLAN : DÉSACTIVER LE CHAMP DE FORCE
- VITE ! À LA PAGE 145 !

2) ALLER AU SECOURS DE TON PÈRE
- LE TEMPS PRESSE ! REGARDE PAGE 34

LES MAUVAIS CONSEILS DE TON INSTINCT

Pourquoi faut-il que ta seule alliée soit si bornée ? Tant pis, tu te précipites vers la sortie. Mais, alors que tu t'apprêtes à passer sous la grille, tu es prise de remords. Tu ne peux pas abandonner Axil. Plutôt que de jouer les lâches, tu tentes de nouveau de la convaincre :

— La grille est presque fermée ! Nous avons encore le temps de nous faufiler dessous ! Axil, il faut partir !

Mais ton alliée t'ignore complètement, affairée à fouiller l'un des militaires. Tu fais un pas de plus vers la sortie.

— Sors ! hurles-tu d'angoisse. Laisse la clef ! Sors !

Axil, énervée, délaisse enfin le soldat… pour aller fouiller l'autre ! Ce n'est pas possible, elle va vraiment vous conduire à votre perte ! Il faut partir. Déchirée, tu jettes un dernier regard suppliant à l'Alien. Une bonne intention… qui te coûte quelques précieuses secondes. Lorsque tu te retournes, il est trop tard. Vous êtes toutes les deux prises au piège !

ON NE GAGNE PAS À CHAQUE FOIS !

D'AILLEURS, TU PEUX RETENTER TA CHANCE À LA PAGE 180 !

EFFET DE SURPRISE

1, 2, 3… tu prends ton courage à deux mains et sautes. Tu atterris en plein sur les deux soldats qui s'effondrent, inconscients.

À présent il va falloir parvenir à entrer dans le laboratoire. En regardant les militaires, tu trouves le plan parfait. Tu enfiles par-dessus tes vêtements l'uniforme du plus petit des deux et mets son casque sur ta tête. Les vêtements sont un peu grands, mais devraient faire illusion.

En remontant la rivière, comme indiqué sur la carte de Tilémé, tu arrives rapidement au laboratoire. D'autres militaires traversent les grilles, de retour de patrouille. C'est ta chance ! Tu baisses la tête et passes sans problème : te voilà sur le terrain. Il faut maintenant que tu trouves un moyen d'entrer dans le bâtiment à proprement parler. Justement, tu aperçois une porte sur le côté, par laquelle passent deux hommes en blouse blanche. Tu te précipites pour retenir la porte avant qu'elle ne se ferme, et te glisses à l'intérieur.

Tu plisses les yeux : le changement de luminosité est violent. Le couloir est large, moderne et blanc. Tu avances, peu sûre de toi. D'accord, tu es à l'intérieur, mais que vas-tu faire maintenant ?

— Soldat !

Une voix te fait sursauter. Tu te retournes vers une grande femme en blouse blanche tout en gardant la tête baissée pour qu'elle ne voie pas ton visage.

— Vous n'avez rien à faire ici ! dit la femme. Retournez au poste de commandement au plus vite !

Tu hoches la tête et files sans demander ton reste.

Dès que tu te retrouves seule, tu te débarrasses de ta tenue de militaire – elle attire trop l'œil, à présent.

Tu t'engouffres dans un couloir. Très vite, tu vois un groupe de scientifiques marcher dans ta direction. Il faut te cacher ! Tu regardes autour de toi, deux portes vitrées. Derrière l'une tu aperçois une salle sombre aux lumières étranges, derrière l'autre, un vestiaire éclairé où pendent de nombreuses blouses blanches. Les scientifiques arrivent, tu dois te décider maintenant si tu ne veux pas être arrêtée.

1) TU ENTRES DANS LA SALLE SOMBRE
- TU N'AS PAS ENCORE PEUR ?
ÇA VA VENIR. PEUT-ÊTRE. VA VOIR PAGE 106

2) TU ENTRES DANS LE VESTIAIRE
- PEUT-ÊTRE AURAS-TU LE TEMPS DE TE GLISSER DANS LA PEAU - OU PLUTÔT LA BLOUSE - D'UN SCIENTIFIQUE ? RÉPONSE À LA PAGE 21

DANS LE FOURGON

— Viens, Elijah, mon père a raison…

Cette fois, ton ami n'a pas d'autre choix que de monter. Vous partez donc tous les trois dans un silence mortel. Ton père te jette un regard étonné. Peut-être a-t-il senti la tension entre Elijah et toi… Heureusement, il s'abstient de tout commentaire. Il est de toute façon trop concentré sur la route, sinueuse et étrangement mal éclairée.

Tu n'as d'ailleurs jamais aimé passer par ici à la tombée de la nuit : les réverbères ont une fâcheuse tendance à grésiller puis à s'éteindre, au point que seule une ampoule sur trois jette encore sur la rue une lumière blême. À ta gauche, ton père peste contre les services municipaux qui n'ont pas encore remplacé les ampoules grillées.

Le vent des montagnes a soudain forci en atteignant la ville. Tu n'as décidément qu'une hâte : que cette soirée se termine !

À la lisière de la forêt de Bois-Tempête, vous plongez dans la nuit noire, sur les routes de campagne dénuées de réverbères. Jusqu'ici, tout va bien – ou presque –, mais tout à coup, sans raison apparente, les phares de la voiture de ton père s'éteignent brusquement, manquant de le faire dévier de sa trajectoire. Comme un malheur n'arrive jamais seul, c'est bientôt au tour de l'accélérateur de vous lâcher, et la voiture s'arrête quelques mètres plus loin, au beau milieu de nulle part. Inquiet, ton père jure de nouveau en sortant, armé de son portable, pour regarder le moteur : il vient juste de faire changer la batterie… Une lumière agressive vous éblouit alors tandis qu'Elijah, lui, plaisante :

— C'est comme dans un film d'extraterrestres ! On va se faire enlever !

Tu te tournes vers lui, mi-amusée, mi-angoissée. Bien sûr que non, ce ne sont pas les petits hommes verts, mais quand même, qu'est-ce qui se passe ?

Un choc violent à la tête, et c'est le noir complet.

*

Tu te réveilles à l'intérieur d'un fourgon, seule. À l'avant, deux soldats discutent. Encore étourdie, tu ne comprends pas vraiment ce qu'ils disent. Soudain, tu te souviens, vous avez eu un accident ! Pourquoi avoir été secourus par des militaires ?

Les yeux mi-clos, tu essaies d'observer l'intérieur de la camionnette. Des menottes au sol, un casque de soldat, rien de plus… Ton estomac tombe dans tes talons. Où sont ton père et ton ami ?

Sans le savoir, un militaire vient partiellement répondre à ta question. Il explique à son collègue la raison pour laquelle ils ont dû laisser « l'autre gosse » sur place : « Il ne nous aurait servi à rien ! »

Comment ça ? Toi, tu vas donc leur servir à quelque chose ? À quoi ? Tu es une ado comme les autres, non ? Que te veulent-ils ?

Bon, au moins, Elijah semble avoir été laissé tranquille. Il retrouvera certainement son chemin. Mais où est ton père ?

Tu n'oses pas te manifester : ces soldats n'ont pas l'air très commodes. Il va falloir ruser pour obtenir des informations et te tirer de là. Tu ne la sens pas du tout, cette histoire…

Tu n'as aucune idée du temps qui passe. Quand le fourgon s'arrête enfin, les deux soldats descendent sous une pluie battante. Les portières se referment dans un claquement métallique, puis c'est le calme de nouveau. Tu n'entends plus que les gouttes d'eau qui s'abattent avec fracas contre le toit de ferraille. Un bruit de serrure… Tu ne sais pas bien à quoi t'attendre. Va-t-on te libérer, ou bien te kidnapper, comme Elijah le suggérait ? Il faut réfléchir très vite : quelle stratégie adopter ?

1) TU HURLES POUR APPELER À L'AIDE

- *AAAAAAAH !* DIRECTION LA PAGE 234

2) TU JOUES L'INCONSCIENCE

- LAISSE-TOI TRAÎNER PAGE 151

ON REBAT LES CARTES

Tu baisses ton arme et la poses au sol, en retenant des larmes de rage. Les Moreau t'installent sur un fauteuil de tests auquel ils t'attachent.

Anton se tourne vers Dax.

— Tu es ou un crétin, ou un traître. Et tu sais ce qu'on fait aux traîtres ici.

Mais Dax ne prête pas attention à Anton. C'est toi qu'il regarde, l'air désolé. Tu ne sais pas pourquoi, mais tu protestes.

— Ce n'est pas de sa faute. Vous m'avez, maintenant, non ? Et c'est aussi grâce à lui.

Les deux scientifiques t'écoutent et le congédient, ils ont d'autres chats à fouetter. Qu'il soit compétent ou non, ça ne les intéresse pas.

Tu regardes autour de toi, tentes de trouver un plan : tu ne peux rien faire. L'Alien télépathe t'avait parlé d'un certain Axil qui pourrait t'aider. Il s'agit peut-être de ta seule chance de sortir, à présent. Mais comment arriver jusqu'à lui ou jusqu'à ton père, maintenant que tu es prisonnière des Moreau ?

Une idée te vient : puisque les Moreau ont utilisé tes pouvoirs pour t'atteindre, tu vas faire de même. Tu fais semblant d'avoir une absence, puis leur affirmes que tu as eu une prémonition qui devrait beaucoup les intéresser. Les extraterrestres prisonniers vont sous peu se libérer et les attaquer.

Les Moreau rient de nouveau.

— Tu nous prends vraiment pour des idiots ! dit Anton. Pourquoi est-ce qu'on te croirait ? Tu mens, c'est évident.

— C'est vrai, leur réponds-tu. Mais si jamais je dis vrai et que vous ne m'avez pas écoutée, vous allez vous en mordre les doigts. Êtes-vous prêts à prendre ce risque ?

Les Moreau hésitent. Tu marques un point.

Tu en profites et insistes. Les prisonniers vont être libérés. S'ils veulent savoir comment, il faut qu'ils te conduisent…

1) AUX GEÔLES ! *HOP,* PAGE 154 !

2) À AXIL ! *HOP, HOP, HOP,* PAGE 248 !

L'AIDE D'ANTON

Tu décides finalement d'accepter. Tu vas chercher ton père et le fais monter avec toi à l'arrière de la voiture. Tu fusilles Nora du regard, tu ne la pensais pas si mauvaise. Elle qui fait la gentille pour plaire à Elijah quand vous êtes au collège… Tu sauras à quoi t'en tenir maintenant.

Les portes de la voiture se verrouillent. La voiture roule en direction du centre-ville. Arrivés à un carrefour, vous bifurquez. Tu t'étonnes :

— Euh… Vous êtes sûr que c'est le bon chemin ?

— Ne t'inquiète pas, répond Anton.

La voiture tourne de nouveau, et tu vois une grande bâtisse blanche apparaître à ta gauche. Tu t'inquiètes de plus en plus, mais tentes de le cacher. Tu attrapes la poignée de la portière : fermée, évidemment.

Vous vous rapprochez dangereusement du laboratoire. Anton se retourne vers vous en désignant le bâtiment.

— Je travaille ici ! On pourra soigner ton père, ce sera plus rapide.

Ton père lève la tête en entendant la voix d'Anton. Tu lis la peur sur son visage. Dans le rétroviseur, tu vois Anton sourire.

— Bonsoir… Luc.

Comment Anton connaît-il le prénom de ton père ? Tu paniques en voyant le visage de ton père horrifié. La grille du laboratoire s'ouvre. Nora se tourne vers toi. Elle articule de façon muette un « désolée ». La voiture n'est même pas arrêtée que déjà des militaires armés ouvrent les portières et se saisissent de ton père et de toi. Tu cries, te débats, mais rien n'y fait. Ils t'emmènent à l'intérieur…

VA À LA PAGE 19

LE SAUT DE LA FOI

Tu sautes de la plate-forme et cours à toute vitesse vers le panneau des commandes. D'en haut, le Dr Crazy tente de te tirer dessus, armé de son fusil extraterrestre. Mais les mineurs que tu croises, bien qu'enchaînés, se collent les uns aux autres pour faire bouclier.

Certains tombent de douleur. Pourtant le groupe ne fléchit pas. Tu cours en direction d'un canon à eau qui coule en permanence sur la roche chaude. La vapeur t'aveugle. Tu diriges le canon vers le Dr Crazy, qui atterrit dans un bac de météorite. Ses hurlements de douleur te vrillent les tympans. Et s'il n'avait pas fait subir des choses aussi atroces aux Aliens, tu aurais sans doute un peu de pitié pour lui.

Mais tu n'as pas le temps pour ça. Tu en profites pour remonter au panneau de contrôle, où tu actionnes rapidement le bouton qui ouvre les chaînes des prisonniers et les portes des cellules. Bravo, les extraterrestres sont libérés !

Bien plus nombreux que les militaires, tes alliés prennent vite le dessus.

Soudain, une silhouette familière émerge d'un nuage de vapeur. Ton père est là ! Tu te jettes dans ses bras. Les retrouvailles que tu as vues quelques instants auparavant se réalisent !

TU AS CHOISI JUDICIEUSEMENT !

MAIS TU PEUX PROLONGER L'AVENTURE EN REPRENANT AU DÉBUT !

PILE OU FACE

Si ta mère tenait tant à cette clef, c'est qu'elle y voyait sa délivrance. N'est-ce pas le seul espoir qu'elle pouvait bien nourrir dans cette prison de tourments ? Tu ne veux pas abandonner ton père, mais ce qui pouvait la sauver elle pourrait bien être ce qui peut le sauver lui. Marcher sur les traces de ta mère, réussir pour elle ce qu'elle n'est pas parvenue à faire : voilà ce que tu dois faire.

— Ryan !

Tu rejoins le soldat et lui montres ta trouvaille. Ryan jusqu'alors si pressé est très intrigué par cette découverte : il est d'accord avec toi, ta mère n'a pas laissé cette clef là par hasard. Le militaire approche l'objet de son visage afin de l'étudier avec précision : cette trame si particulière de l'ouvrage… Cela lui rappelle quelque chose. Il est certain d'avoir déjà vu cette clef quelque part ! Mais où ?

— Concentre-toi ! Tu dois forcément te souvenir ! t'exclames-tu, bouillonnant d'impatience.

Tu ne parviens en effet plus à rester en place, pendue aux lèvres de Ryan...

— Je sais ! déclare-t-il enfin. Cette clef appartient aux Drs Moreau.

Ton ami t'explique : il y a quelques années, les scientifiques ont fait venir un ami pour travailler avec eux, un vieil homme qui avait tout du savant fou : petites lunettes, cheveux blancs ébouriffés et dos courbé. Cet homme était un vrai génie, capable de résoudre n'importe quelle formule chimique et de concevoir les projets physiques les plus fous. C'est pourquoi les Moreau avaient besoin de cet homme, c'est lui qui a réalisé la fameuse clef ! Après, Ryan ne l'a plus jamais revu au laboratoire. Il s'était disputé avec les Moreau... Ryan les suspecte même de l'avoir liquidé afin qu'il ne révèle jamais leurs secrets. Toujours est-il que, pour faire appel à un tel cerveau pour une simple clef, les Drs Moreau devaient avoir quelque chose de très précieux à cacher. Ou de très dangereux... Ta mère le savait, de toute évidence. À vous d'enquêter !

— Emmène-moi au bureau des Drs Moreau, proposes-tu à Ryan. Quel que soit leur secret, c'est là-bas que nous devrions le découvrir.

Le soldat te conduit jusqu'au bureau des scientifiques. Un coup d'œil à l'intérieur : ouf, la voie est libre. Les Moreau doivent être occupés avec ton père... Cette pensée te serre la gorge. Il faut faire vite ! Avec l'aide de ton ami, tu te mets à fouiller le bureau, retournant tout ce que tu trouves. C'est un vrai carnage ! On dirait un peu ta chambre…

Malheureusement, pas de trace d'une serrure. Tu tombes bien sur quelques documents compromettants pour les Moreau : des ordres d'exécution d'extraterrestres, des protocoles expérimentaux qui ressemblent plutôt à des tortures qu'à des examens… mais cela ne pourra te servir que plus tard, pour témoigner de leurs crimes. Ces preuves ne te sont d'aucune utilité pour sauver ton père, qui n'a pas le luxe d'avoir du temps à perdre. Tu regardes de nouveau la clef, afin de bien en mémoriser l'ouvrage.

— Les Drs Moreau ne sont pas idiots… remarques-tu. Ils n'ont pas pu laisser leur coffre-fort en évidence. Aide-moi plutôt à soulever les tableaux.

Les Moreau ne sont pas de grands amateurs d'art : le bureau est décoré de façon très sommaire. Vous avez vite fait d'explorer leur collection. Chaque fois, pas de coffre caché derrière. Tu commences à vraiment paniquer : et si la cachette n'était pas dans ce bureau ? Et si vous ne la trouviez jamais ? Peut-être aurais-tu dû aller au secours de ton père plutôt que de jouer les enquêteuses de pacotille… Ce serait le bon moment d'avoir une vision…

Mais évidemment, vu que tu ne contrôles pas ton pouvoir, il ne se passe rien. Puis, comme par magie, à côté de la grande fenêtre, un pan de mur coulisse et vous fait ainsi découvrir une petite salle cachée. Vous vous regardez, l'un et l'autre : lequel de vous a provoqué l'ouverture de la cachette ? En baissant les yeux vers ton pied, tu remarques qu'il est appuyé contre une manette à peine distinguable, sous le fauteuil de Frédérique Moreau. Quelle chance !

Vous vous ruez vers la pièce secrète. Un tas d'autres documents confidentiels, quelques flasques de produits chimiques dangereux et, au milieu, le Graal : un coffre-fort. Ryan et toi échangez un regard plein d'espoir : cette fois c'est sûr, c'est la bonne ! La main tremblante, tu insères la clef dans la serrure du coffre. Tu penses un instant avoir échoué : le coffre ne s'ouvre pas. Mais tu comprends finalement qu'il faut tourner la clef dans plusieurs sens, par palier, comme pour entrer une combinaison. Après plusieurs déceptions, tu parviens enfin à ouvrir le coffre… pour ne rien y trouver. L'intérieur est noir et vide.

— Ce n'est pas possible ! s'énerve Ryan.

— Attends, dis-tu pour le calmer. Il y a quelque chose…

Tu tends la main et découvres en effet, au fond du coffre, un petit panneau fixé à la paroi. Tu t'approches pour mieux l'observer : il ne comporte que deux boutons. Un vert, un rouge.

— Tout ça pour ça ? demandes-tu, dégoûtée. Deux misérables boutons ? On ne sait même pas à quoi ils servent.

À côté de toi, Ryan est concentré sur un document qu'il vient de trouver :

— Misérables ? Pas du tout ! Nous avons le pouvoir des Moreau entre nos mains : l'un des boutons déverrouille toutes les portes, désactive tout le dispositif de sécurité du laboratoire ! La possibilité de libérer tout le monde d'un coup ! De battre les Moreau à leur propre jeu d'une simple pression du pouce… L'autre bouton enclenche un système d'autodestruction. Les scientifiques ont dû le mettre en place pour effacer leurs traces en cas extrême d'attaque ou d'enquête… réfléchit Ryan à haute voix.

— Mais lequel est le bon ? demandes-tu, fébrile.
Ryan relève le visage vers toi, abattu :
— Ce n’est pas écrit.
Bon, il va falloir décider. Ton père t’attend. Cette fois, c’est vraiment pile ou face.

1) TU APPUIES SUR LE BOUTON VERT
- SÛR(E) DE TOI ? VA À LA PAGE 37

2) TU APPUIES SUR LE BOUTON ROUGE
- READY ? VA À LA PAGE 165

CHACUN SA ROUTE

Tu t'arraches à cette vision d'horreur et te forces à avancer. Même avec l'effet de surprise, à deux contre un, tu n'y croyais pas. Tu ne peux rien faire, et il faut que tu retrouves ton père. Qui sait ce qu'ils sont en train de lui faire subir ?

Tu continues à avancer dans le conduit d'aération. Tu te rapproches de la lumière et entrevois enfin… de l'herbe ! Te voilà quasiment dehors.

Tu retires la grille et sautes à l'extérieur du bâtiment. Des voix te parviennent. Tu te figes, tapie dans les herbes hautes.

Tu aperçois deux militaires qui patrouillent. Tu les observes tandis qu'ils passent près de toi.

— Quelle poisse, se plaint le plus grand. Ils m'ont encore collé de corvée de surveillancc !

— Pauvre garçon, raille son compère. Assis tranquillement à regarder des écrans de contrôle pendant que nous autres, on se les gèle à patrouiller dehors. C'est pas moi qui vais te plaindre, désolé.

Les soldats se séparent. Le plus grand se dirige vers une tour immense. Une tour de surveillance ? Le lieu parfait pour repérer l'endroit où a été enfermé ton père. Avec un peu de chance, tu pourras même y collecter de précieuses informations sur la structure du laboratoire.

Tu décides de suivre le militaire. Mais, au moment où tu t'apprêtes à emprunter l'échelle, tu as une prémonition : tu te vois en haut de la tour, en train de basculer dans le vide.

Tu regardes la tour qui paraît soudain encore plus haute. Dois-tu faire confiance à ce présage funeste ? Pourtant, y aller est peut-être ta seule chance de retrouver ton père !

1) TU SUIS LE MILITAIRE DANS LA TOUR :
PAGE 171

2) TU RENONCES À ALLER DANS LA TOUR
– DILEMME, DILEMME. TANT PIS,
IL FAUT MAINTENANT QUE TU AILLES À LA
PAGE 208

FEU !

Ta main tremble. Tu pleures. Impossible d'y voir clair. Alors, de rage, tu fermes les yeux. Tu as peur, tu es en colère, tu ne maîtrises plus rien. Ils ne peuvent pas s'en sortir comme ça, c'est trop injuste. Pas avec tout le mal qu'ils ont fait. Une détonation déchire la pièce. Tu as appuyé sur la détente dans un geste de colère, presque sans le vouloir.

Tu oses enfin ouvrir les paupières. La balle a atteint Anton Moreau au bras. Une tache rouge grandit sur sa blouse blanche.

Frédérique ne va pas vers son mari. Elle te regarde, étonnée, presque admirative. Son sourire te dégoûte. Tu lâches ton arme, qui tombe au sol avec un bruit mat.

Le tir a alerté les militaires. En quelques secondes, un escadron enfonce la porte et se rue sur toi pour te menotter.

— Jetez-moi ça dans une cellule ! ordonne Anton. Après ça, tu n'es pas prête de revoir la lumière du jour, ma petite.

Les soldats te sortent du laboratoire et t'entraînent vers une cellule sombre. Plus moyen de t'échapper à présent.

ON TE DIRAIT BIEN QUE ÇA IRA MIEUX LA PROCHAINE FOIS...

MAIS PEUT-ÊTRE PAS. REPRENDS À LA PAGE 168,
OU BIEN DEPUIS LE DÉBUT !

DÉSARMÉE

Soyons prudents : la mitraillette vous protégera mieux qu'un simple revolver. Tu saisis le fusil et franchis les portes battantes, rejoignant ton père déjà en route. D'abord, tu penses t'en être bien sortie. Ton père est trop occupé à inspecter les couloirs à la recherche de dangers potentiels pour remarquer que le risque pourrait plutôt venir de toi ! Mais ta chance atteint bien trop vite ses limites : ton père se retourne pour te demander le chemin du générateur et te découvre, le fusil pendu aux épaules !

— Qu'est-ce que tu fais avec cette arme ? demande-t-il, horrifié. Tu es complètement inconsciente ! Tu ne sais pas t'en servir ! Ce truc autour de ton cou, c'est le meilleur moyen de nous faire tirer dessus !

Tu ne peux rien faire : ton père se saisit de la mitraillette et la jette au sol.

— On continue sans !

Tu t'apprêtes à protester, mais ton père ne t'en laisse pas le temps :

— Point final ! conclut-il de sa formule préférée.

Vous êtes de toute façon tout près de la salle du générateur, tu préfères donc ne pas perdre de temps à te disputer une fois de plus avec lui. Mais alors que vous pénétrez dans la pièce, vous tombez nez à nez avec le Dr Anton Moreau !

En quelques secondes à peine, ton père et toi êtes faits prisonniers. Désarmée, tu n'as rien pu faire ! En face de vous, le générateur semble se moquer de toi. Aurais-tu mieux fait de le désactiver lorsqu'il était encore temps ? Mais comment aurais-tu pu te regarder dans le miroir si tu avais renoncé à libérer ton père ?

Dehors, le combat fait rage, et les extraterrestres n'ont pas vraiment le dessus.

Heureusement pour ta conscience, le Dr Moreau vous emmène, ton père et toi, à travers les corridors. Une impression de déjà-vu. Bientôt, une porte se profile au bout du couloir, et tu sais précisément ce qui t'y attend. Tu te débats, plantes les pieds dans le sol, essaies de t'accrocher aux angles – en vain. Avant de sombrer dans l'inconscience, une seringue s'étant enfoncée dans ton cou, tu entends ton père appeler ton nom.

Avec un peu de chance, si tes nouveaux amis se font tuer par ta faute, tu n'en sauras jamais rien…

MÊME JOUEUR JOUE ENCORE !

RETOURNE À LA PAGE 34, OU RECOMMENCE !

LA CLEF DES CHAMPS ?

Il faut te montrer responsable et sauver ton père, il n'y a pas de plus grande mission. Tu dois garder la tête froide et ne pas te détourner de l'essentiel. Pour autant, tu ne peux te résoudre à abandonner le seul objet qui te lie encore à ta mère. Tu retires la montre pendentif et prends quelques secondes pour observer le visage de ta mère, encadré à l'intérieur du clapet. Tu glisses la petite clef sur la chaîne : ton père sait peut-être à quoi elle servait, et peut-être qu'un jour, il pourra t'aider à résoudre ce mystère. Sans t'émouvoir davantage, tu te laisses guider par Ryan jusqu'à la salle où ton père est retenu prisonnier. Vous rencontrez des patrouilles de soldats, mais parvenez chaque fois à vous cacher *in extremis*, juste avant d'être repérés. Les bribes de leurs conversations qui te parviennent te paraissent de toute façon bien légères : les militaires n'ont pas l'air sur le qui-vive. Vous avez bien fait de dissimuler les corps ! Cela vous laisse la liberté d'aborder la prison de ton père sans trop de tracas. Ryan jette un coup d'œil à travers la porte vitrée :

— Ton père est bien là ! Avec Anton et Frédérique Moreau ! Entrons, mais soyons discrets.

Tu acquiesces et suis ton ami alors qu'il franchit le seuil de la porte, et ton cœur se remet à battre à cent à l'heure. Comment prendre les scientifiques par surprise ?

La pièce est immense et particulièrement effrayante tant elle évoque la cruauté des savants fous : des extraterrestres y flottent dans de longs tubes pleins d'un liquide visqueux. Au centre de la salle, les Moreau te tournent le dos, semblant bien occupés à leurs expériences. Tandis qu'Anton étudie un morceau de peau au microscope, Frédérique saisit un scalpel sur la table de travail, laissant apparaître en se penchant… ton père ! Il est attaché à un brancard, incapable de bouger. Frédérique, le sourire aux lèvres, s'approche de ton père et plante la lame dans son bras. Le cri de douleur qui suit te pousse à te révéler sans même en avoir conscience :

— Arrêtez, par pitié ! cries-tu aux Moreau.

Les scientifiques se retournent, aussi surpris qu'amusés par ta présence.

— Tiens, tiens… dit Frédérique. Revoilà la petite Cassandre !

— Avec son fidèle soldat, ce chien galeux de Ryan… ajoute Anton.

Ton ami ne relève pas l'insulte, préférant agir que parler : il saisit son arme, menaçant les Moreau. Ces derniers ne s'en alarment pas, plus intéressés par l'objet brillant qui pend à ton cou. Anton, insensible à la présence du soldat, s'approche de quelques pas, afin de s'assurer de ce qu'il voit…

— Où as-tu trouvé cette clef ? te demande Anton, soudain très inquiet.

Instinctivement, tu fermes le poing autour d'elle, comme pour la protéger. Ryan, lui, ne comprend pas ce qui se passe. Nerveux, il essaie de reprendre le contrôle de la situation.

— Reculez, Moreau ! Je ne plaisante pas !

Mais Anton non plus n'a pas envie de rire.

— Qu'est-ce que vous croyez, imbécile ? Nous aussi, nous sommes armés, et nous avons l'avantage du nombre ! Arrêtez vos bêtises, et lâchez ce revolver ridicule !

Il se tourne alors vers toi, plus doux :

— Quant à toi, Cassandre, tu dois me donner cette clef. Vois-tu, j'y tiens autant que tu tiens à ton père.

Tu n'es pas beaucoup plus avancée que Ryan. Tu t'aventures :

— Ce qui veut dire ?

— Ce qui veut dire, t'explique Frédérique, s'approchant elle aussi, que si tu nous donnes la clef, nous acceptons de libérer ton père.

1) TU CÈDES LA CLEF POUR SAUVER TON PÈRE

- PEUX-TU VRAIMENT LEUR FAIRE CONFIANCE ?

POUR LE DÉCOUVRIR, RENDS-TOI PAGE 232 ! READY ?

2) FAIRE CONFIANCE AUX MOREAU ? JAMAIS.

- EST-CE QUE TU PASSES À CÔTÉ DE TA SEULE CHANCE

DE VOUS SAUVER ? VA VOIR À LA PAGE 52

POSER L'HÉLICOPTÈRE

Tu regardes derrière toi, le laboratoire est encore visible… Vous êtes vraiment trop près pour vous poser maintenant ! L'hélicoptère commence cependant à perdre de l'altitude et se met à dégringoler dans les airs. Tu décides qu'il vaut mieux être capturés par les soldats et avoir une petite chance de survivre que continuer sur cette trajectoire pour t'écraser et être certaine de mourir.

— Pose-toi, Gray ! cries-tu à travers le tumulte du vent.

Tu n'as pas besoin de convaincre l'extraterrestre, qui s'apprêtait déjà à tenter une manœuvre d'atterrissage. Vous vous approchez vite de la terre ferme. La cime des arbres vient bientôt se frotter au fuselage de l'engin dans un vacarme oppressant. Cela complique le travail de Gray. Vous emportez sur votre chemin des branches dont le craquement te donne l'impression d'une déflagration. Puis, tout à coup, tu ressens un choc terrible qui te traverse le corps… Quelques secondes, c'est le silence. Tu penses pendant un moment être devenue sourde… jusqu'à ce que tu entendes le chant des oiseaux, les pas pressés des petites bêtes dérangées par votre arrivée et, plus loin, l'écoulement de la rivière. L'hélicoptère est posé… et tu es encore en vie !

Après avoir retrouvé tes esprits, tu aides Gray à sortir de l'appareil, posé en pleine prairie. Il a été un peu secoué par cette descente difficile, mais il t'assure qu'il va se remettre rapidement. Tu remarques que de la fumée commence à s'échapper de l'hélicoptère. Cela va faciliter les recherches des soldats. Pas de temps à perdre !

VA À LA PAGE 159

CONSTANTE VIGILANCE

Tu prends l'arme *in extremis* alors que le garde se réveille.

— Chut ! Pas un bruit !

Le vigile te regarde, plus étonné qu'effrayé. Une lumière furtive passe dans tes yeux. Le garde sait qu'il n'a pas affaire à une humaine, il met ses mains en l'air et hoche la tête.

Tu observes l'homme. Il doit avoir l'âge de ton père, pas très en forme physiquement et avec une petite calvitie. Il n'a pas l'air très menaçant, au contraire. Son badge indique son identité : « M. Dax ». Tu hésites un instant, puis lui dis :

— Écoutez, mes parents sont ici. Enfin mon père est ici, il a été arrêté. Ma mère… je ne suis pas sûre. Je pense qu'elle est passée il y a plusieurs années. Personne ne l'a revue. Vous allez m'aider à trouver des infos. Après, je m'en vais.

Dax acquiesce de nouveau. Il t'emmène devant un ordinateur et te demande le plus d'infos possible sur la personne que tu recherches, à commencer par son nom.

— Axelle Emèra. Elle a dû arriver il y a dix ans. Le reste… Je lui ressemble beaucoup, apparemment.

Dax s'exécute. Il scrute l'écran puis se tourne vers toi.

— Je ne trouve personne qui corresponde à ta description, je suis désolé…

Tu ne peux pas y croire ! Tu n'as pas fait tout ça pour rien ! Les larmes te montent aux yeux. Dax t'explique que les scientifiques qui gèrent le laboratoire, Frédérique et Anton Moreau, effacent des dossiers pour se couvrir. Ils ont fait un certain nombre de choses avec lesquelles le gouvernement ne serait pas d'accord. Un autre registre est tenu à la prison, Dax ne sait pas s'il est effacé en même temps. Sur l'écran de l'ordinateur, les photographies des Drs Moreau semblent se moquer de toi.

Soudain, tu as une vision : le couple Moreau au-dessus d'un brancard où gît ta mère inconsciente. Ils remontent un drap blanc sur son visage, comme on le fait pour les morts.

Ton sang ne fait qu'un tour : tu dois les trouver ! Mais cette vision est peut-être trompeuse, peut-être vient-elle du passé ? Alors, ne vaudrait-il mieux pas aller aux prisons ? Tu pourrais y trouver ton père et des informations sur ta mère.

1) TU DEMANDES À DAX DE TE CONDUIRE AUX MOREAU

- C'EST PEUT-ÊTRE UN PIÈGE… MAIS TU N'AS PAS LE CHOIX.
VA VOIR À LA PAGE 168 !

2) TU DEMANDES À DAX DE TE CONDUIRE AUX PRISON

- SI TU AVAIS SU QU'UN JOUR TU DEMANDERAIS
À ALLER EN PRISON… LES CONSÉQUENCES ? PAGE 32 !

LA SALLE SOMBRE

La porte se referme derrière toi. Tu es seule dans une salle obscure dont tu ne distingues pas le fond. Ton cœur bat la chamade. Tu essaies de te calmer.

Dès l'instant où tes yeux commencent à s'habituer à la luminosité, tu comprends que ce n'était probablement pas une bonne idée d'entrer ici.

Tu avances et butes dans une grande table d'opération, un scalpel tombe. Tu te figes – personne ne vient.

Tu continues à explorer. Sur les étagères sont disposés des bocaux dont tu ne discernes pas bien le contenu, mais certains brillent légèrement. Tu jettes un œil inquiet aux nombreux instruments en métal : pinces, ciseaux chirurgicaux et autres lames. Préférant ne pas te demander à quoi ils peuvent bien servir, tu passes devant un grand panneau circulaire avec des attaches. Tu repères des marques de griffures sur les bords et des taches de sang noir. Tout cela commence à ressembler plus à une salle de torture qu'à un laboratoire !

Au fond de la salle, tu te retrouves face à de grands tubes en verre remplis de liquide vert. Quelque chose flotte dans les tubes. Quelque chose… ou quelqu'un ! Les dix colonnes de verre parfaitement alignées contiennent chacune une personne flottant dans ce liquide ! Sont-ils… morts ? Un frisson te parcourt.

À cet instant, l'homme dans le tube face à toi ouvre les yeux. Tu recules, surprise. Sous l'effet de la peur, tes yeux se mettent à briller violemment. Les yeux de l'homme brillent aussi, c'est donc un extraterrestre.

L'Alien semble très faible, il te regarde intensément. Tu es terrifiée, mais tu ne peux détacher tes yeux de lui. Soudain, tu entends une voix. Tu cherches la personne qui parle. Après quelques secondes, tu comprends : c'est SA voix. Sa voix qui résonne à l'intérieur de ton esprit : il est télépathe !

L'Alien t'explique qu'ils ont tous été torturés dans le cadre d'expériences et que tu dois fuir si tu ne veux pas finir comme eux. Ici, c'est la mort assurée. La colère te saisit : comment les scientifiques ont pu leur faire subir ces traitements ? Ta mère a-t-elle vécu ces mêmes horreurs ? Et ton père, lui qui est un humain, que vont-ils faire de lui ? Tu dois absolument le retrouver et le sauver de cet enfer.

Dans un souffle de mourant, l'Alien te donne le nom d'une personne qui peut t'aider : Axil, qui a réussi à s'échapper plusieurs fois dans le passé et se trouve désormais dans une cellule de haute sécurité. Une série d'images t'apparaît : un couloir, une porte surmontée d'un symbole

– un cercle avec à l'intérieur un grand « A » entouré de formes elliptiques – qui s'ouvre sur une silhouette seule dans une cellule. Cette personne est ta seule chance de t'échapper. Il faut absolument que tu fuies, sinon tu vas mourir.

Mais ton père ? Et ta mère ? C'est peut-être ta seule chance de découvrir ce qui lui est réellement arrivé…

1) TU PARS À LA RECHERCHE D'AXIL
– C'EST TON SEUL ESPOIR. VA À LA PAGE 156

2) TU CHERCHES TES PARENTS
– POUR CONNAÎTRE LA VÉRITÉ,
RENDS-TOI À LA PAGE 263

PRISON BREAK

Pas la peine de t'éterniser : tu te débrouilleras avec le plan. Tu t'enfuis sans demander ton reste avant le réveil du garde.

Tu te caches dans un coin pour déchiffrer la carte. Tu repères la direction des cellules et t'y rends. Très concentrée sur le chemin, tu ne vois pas tout de suite les gardes qui sont à l'entrée de la prison. Tu les remarques *in extremis* au son de leur voix et te caches avant qu'ils n'aient pu s'apercevoir de ta présence.

Tu regardes le plan et vois qu'il y a une autre cellule, une cellule spéciale. Tu décides d'y aller. Toujours selon le plan, il y a sur ta route un générateur électrique qui alimente une bonne partie du laboratoire.

Tu t'y arrêtes. Personne. C'est presque trop facile. Tu désactives le générateur. La lumière s'éteint. Tu espères être moins visible grâce à cette diversion.

Fière de toi, tu reprends ton chemin dans l'obscurité.

ET *HOP* ! TOUT DROIT VERS LA PAGE 66

EXTRATERRESTRE

Tu décides de rebrousser chemin avec ton père à moitié inconscient. Tu avances dans la forêt en le soutenant autant que possible. Tu ignores les couleurs étranges des plantes, la lueur verte dans les yeux des animaux. Il faut avancer, vite. Tilémé aurait voulu vous raccompagner, mais la téléportation le fatigue beaucoup et il ne peut pas le faire plusieurs fois de suite, surtout avec des passagers. Arrivés dans la zone commerciale du cinéma, vous vous asseyez sur un banc pour reprendre votre souffle.

— Papa ?

Ton père se tourne vers toi. Tu prends ton courage à deux mains et oses enfin poser les questions qui te brûlent les lèvres.

— Est-ce que c'est vrai ? Tout ce que Tilémé m'a dit. Maman n'était pas… humaine ?

Ton père pose la main sur ton épaule pour te calmer.

— Je voulais te protéger. Ça ne sert plus à rien à présent. Oui, ta mère était extraterrestre. Quand je l'ai connue, elle fuyait un groupe de scientifiques qui menait des recherches pour tenter d'isoler la partie de son génome qui lui donnait des pouvoirs et la mêler au nôtre.

Tu n'en reviens pas. Ton père t'a caché la vérité toutes ces années ! Comment a-t-il pu ne rien te dire ?

— Qu'est-ce qui lui est arrivé vraiment ?

— À ta mère ? Nous pensions être en sécurité… Nous étions loin, nous avions changé de nom. Mais les scientifiques… ils ont fini par la rattraper.

Des larmes de colère coulent le long de tes joues, sans que tu puisses les arrêter. Tu vois bien que ton père est mal en point et que ce récit lui coûte, mais tu as besoin de savoir. On t'a caché la vérité trop longtemps.

— Et moi ? Je suis quoi alors ?

— Tu es notre fille. Nous pensions cela impossible, mais ta mère est tombée enceinte. Je te surveillais pour être sûr… Seulement je n'ai pas vu les changements, et j'ai toujours pensé que tu n'avais pas hérité de ce fameux gène que veulent les Moreau. Il faut croire que j'ai fait un très mauvais travail… Je ne me rendais pas compte que mes propres secrets te pousseraient à en avoir aussi. Je suis désolé.

Tu serres ton père dans tes bras lorsqu'il est pris d'une violente quinte de toux. Il est extrêmement pâle et semble peiner à garder les yeux ouverts. Il a besoin de soins. Tu l'aides à se lever, et vous avancez vers le multiplexe pour demander de l'aide. Les dernières séances de cinéma se sont terminées il n'y a pas si longtemps, vous pourrez peut-être trouver quelqu'un pour vous prêter au moins un téléphone. Malheureusement, le lieu est désert, tout comme le parking et le centre commercial.

Une voiture passe près de vous et s'arrête. Quelle chance ! Tu t'approches de la portière pour découvrir Nora, l'amie d'enfance d'Elijah (que tu ne peux pas supporter, mais que tu es bien contente de trouver !), et son père.

— Bonsoir, je suis Anton Moreau. Cassandre, c'est ça ? Ça ne va pas ? Tu veux qu'on vous dépose ?

Soulagée, tu t'apprêtes à accepter quand tu croises le regard de Nora. Un regard insistant, presque effrayé. Elle te fait non de la tête. N'a-t-elle pas vu que ton père était dans un état critique ? Elle a toujours été jalouse de ta relation avec Elijah. Elle te déteste donc à tel point qu'elle refuse de t'aider maintenant ? Tu ne l'imaginais pas capable d'une telle méchanceté.

Nora te fait toujours signe de ne pas monter. Tu as la sensation qu'elle te met en garde. Contre quoi ? Au milieu de nulle part en pleine nuit, tu ne vois pas vraiment d'autre solution. Anton s'impatiente. Tu dois choisir.

1) TU ACCEPTES L'AIDE D'ANTON

- VA VOIR PAGE 84

2) TU REFUSES L'AIDE D'ANTON

- RENDEZ-VOUS PAGE 198

HAUT LES MAINS !

Sans même y penser, tu lèves les mains en l'air, comme dans les films ! Curieusement, le soldat paraît surpris… Il n'a pas l'air de comprendre ton geste. Cependant, par réflexe, le militaire lève son arme vers toi.

— Qui es-tu ? Qu'est-ce que tu fais là ? demande-t-il, plus confus qu'agressif.

Tu hésites… Dois-tu lui dire la vérité ? Il serait peut-être temps d'inventer un bon mensonge qui te permettrait d'être remise en liberté. Tu cherches un bobard à toute vitesse… C'est plus facile quand il s'agit de justifier tes retards à ton père ! Quelle angoisse ! C'est le vide total dans ton esprit. Petit à petit, tu sens ta détresse prendre le dessus. Tu ne contrôles plus tes pensées, ni tes mouvements… Tes yeux se mettent à briller ! À la vue de cet étrange phénomène, le soldat, à son tour, est pris de panique. Il raffermit sa prise sur son arme.

— Réponds-moi ! t'ordonne-t-il plus durement.

Tu sens les larmes te monter aux yeux. Après tout ce que tu as fait, est-ce que cette fois, c'est vraiment fichu ?

Non ! Tu ne peux pas abandonner comme ça ! Il faut garder espoir, tu le dois à ton père. Une grande inspiration pour évacuer tes larmes, et tu retrouves peu à peu le contrôle de toi-même. Tes yeux reprennent leur couleur normale, ce qui semble aussi rassurer le militaire.

— Je m'appelle Cassandre. Je ne vous veux aucun mal, mais je dois retrouver mon père : il est retenu prisonnier dans ce laboratoire. Je vous assure qu'il n'a rien fait de mal !

De toute évidence, le soldat ne sait pas vraiment quoi répondre. Tu prends son silence comme une invitation à poursuivre ton histoire. Tu lui racontes alors tout ce qui t'est arrivé depuis le début de cette aventure, de ton arrivée forcée au laboratoire à ta décision de le suivre dans cette tour.

Après ce long récit, tu attends sa réaction, incertaine. Le militaire paraît de marbre ; tu es incapable de deviner ce qui se joue dans son esprit. Va-t-il te croire ? Être touché par ton honnêteté ? Il se tait pendant de longues secondes qui te paraissent une éternité. Puis il baisse enfin son arme, et te tend la main.

— Je suis le soldat Ryan, dit-il. Et je vais t'aider.

Incroyable ! Tu viens de te trouver un nouvel allié, cette fois parmi tes ennemis ! Finalement, tout le monde n'est pas forcément mauvais, dans ce lieu infernal. Ryan s'explique bien vite sur ce choix : il a déjà remarqué à plusieurs reprises les mauvais traitements que les scientifiques font subir à leurs cobayes ici… Et cela ne lui plaît pas du tout. D'autant que ces extraterrestres ont l'air presque aussi humains que lui. Jusqu'ici, il n'a rien osé faire, mais il n'avait jamais eu l'occasion de parler avec l'un de ces « sujets-tests ». Maintenant que tu es là, il ne peut plus ignorer sa conscience !

Tu peux enfin inspecter les écrans de surveillance. Avec l'aide de Ryan, cela va plus vite. Cependant, les caméras sont très nombreuses, la tâche est laborieuse. Elle est aussi difficile : tu assistes à certaines scènes que tu aurais préféré ne jamais voir. Les scientifiques font subir de terribles tests aux extraterrestres, qui ont l'air de rudement en souffrir. Et lorsqu'ils tentent de se rebeller, les soldats sont là pour les calmer très rapidement, sans y mettre les formes.

Mais tu prends sur toi et restes concentrée sur ton objectif : retrouver ton père. Tu commences à perdre espoir, quand tu l'aperçois enfin ! Il se trouve dans un couloir, escorté par des militaires vers une salle d'examen. C'est pour cela que tu as mis du temps à le trouver… Il était en mouvement ! Tu t'apprêtes à demander à Ryan comment accéder à cette salle lorsque tu remarques sur l'un des écrans une cellule spéciale où se trouve une seule prisonnière. Tu as du mal à voir mais, en te rapprochant, tu as l'impression que cette femme ressemble étrangement à ta mère…

Impossible. Une coïncidence. Ou alors ta vie entière serait un mensonge…

— Tu l'as trouvé ? te demande Ryan, t'arrachant à tes pensées.

Avec un sursaut, tu pointes du doigt l'écran de la salle où ton père vient d'être emmené.

— Dites-moi comment le rejoindre, demandes-tu au soldat.

*

Tu ressors de la cabine de surveillance, prête à descendre de la plate-forme principale. Tu es bien équipée : Ryan t'a confié une oreillette grâce à laquelle il te guidera jusqu'à ton père depuis la tour. Il pourra ainsi suivre ta trajectoire sur les écrans et te prévenir en cas de danger. Cela te permettra notamment d'éviter les mauvaises rencontres avec des soldats moins compréhensifs que lui. Mais pendant que vous échafaudiez ce plan, vous ne surveilliez ni l'heure ni les écrans. À peine as-tu mis un pied hors du poste de contrôle que la porte de l'escalier principal s'ouvre sur la plate-forme et que tu te retrouves face à deux soldats. Ils viennent prendre la relève de ton nouvel ami. L'un d'eux braque son arme sur toi.

— Reste où tu es, petite ! hurle-t-il.

Heureusement, Ryan est alerté par le cri. Il bondit de la salle de contrôle et assomme les deux soldats avec la crosse de son arme. Les militaires s'effondrent sans même avoir eu le temps de comprendre ce qui leur arrivait. Seulement, l'un d'eux vient s'écraser sur toi, te bousculant de quelques pas vers l'arrière. Tu commences à basculer dans le vide. Ryan te rattrape au dernier moment en se jetant au sol. Il t'aide ensuite à te hisser vers le haut.

Cela fait deux fois en quelques minutes à peine qu'il te sauve la vie ! C'est décidément un bon allié.

Une fois remise de tes émotions, tu t'apprêtes à repartir vers le laboratoire. Mais Ryan ne l'entend pas de cette oreille. Il s'inquiète : qu'aurais-tu fait, sans lui ? Il vaut sûrement mieux qu'il t'accompagne. Cependant, tu perdrais l'aide précieuse des écrans ! Que choisis-tu ?

1) TU VAS AU LABORATOIRE ACCOMPAGNÉE DE RYAN

– UN ANGE GARDIEN RIEN QUE POUR TOI ? QUI POURRAIT RÊVER MIEUX ? VA À LA PAGE 26

2) TU DEMANDES À RYAN DE TE GUIDER DEPUIS LA TOUR

– ON N'EST JAMAIS MIEUX SERVI QUE PAR SOI-MÊME. *HOP*, FAIS UN PETIT TOUR PAGE 39 !

SITUATION MARÉCAGEUSE

Après vous être assurées d'avoir bien ligoté le Dr Moreau avec des bandes médicales, vous glissez la tête par la porte : personne à l'horizon. Vous profitez du calme du laboratoire pour vous faufiler à l'extérieur.

La serre se trouve de l'autre côté du bâtiment. Ta mère t'explique : le chemin n'est pas compliqué à emprunter, mais il va falloir faire attention, car de nombreux soldats effectuent des rondes autour du laboratoire. Les Drs Moreau sont très soucieux de protéger leurs recherches et de les garder secrètes. Ils en sont devenus presque paranoïaques, si bien que les soldats ont ordre d'abattre sans sommation quiconque entrerait dans le complexe sans y avoir été invité. Autant dire qu'il vaut mieux que vous n'en rencontriez pas sur votre chemin !

En contrebas du laboratoire, la rivière qui traverse Bois-Tempête, la forêt qui entoure Villemort, s'écoule le long des murs, formant de véritables douves radioactives. L'eau est contaminée par des produits chimiques très dangereux qu'utilisent les Drs Moreau durant leurs expériences. Le fossé vous offre la possibilité d'avancer discrètement vers la serre. Mais attention, c'est dangereux : il ne faut ni être repérées par les soldats en prenant le haut de la pente, ni descendre au point de mettre les pieds dans l'eau polluée… ou, pire, de tomber carrément dans la rivière.

Vous vous mettez en route vers les douves, dans lesquelles vous avancez le plus lentement possible : chaque pas est une épreuve. Ta mère pensait que le chemin serait plus facile ; la terre est humide, glissante, et vous manquez de tomber à l'eau plusieurs fois. En même temps, plus vous prenez du temps à traverser, plus vous courez le risque d'être repérées… Ce qui finit malheureusement par arriver : un soldat perçoit un mouvement dans les douves et s'en approche. Il se penche légèrement, attentif à ne pas basculer.

Mais c'est suffisant. Le soldat braque son fusil sur vous. De façon tout à fait impulsive, tu attrapes le canon de l'arme et l'attires de votre côté, ainsi que le militaire, toujours agrippé à son fusil, qui s'en va rejoindre les marécages.

Vous attendez quelques instants… Le bruit ne semble avoir alerté personne. Ouf ! Vous pouvez reprendre votre marche. Après ce petit incident, vous redoublez de prudence.

Heureusement, vous arrivez bientôt près de la serre. Son entrée principale est protégée par des soldats mais, en poursuivant un peu dans les douves, vous vous apercevez que la sortie de secours de la serre n'est, elle, pas gardée. Et pour cause : une barrière de rayons laser en bloque l'accès.

À côté d'elle, tu repères un petit générateur servant certainement à l'alimenter. Même si tu n'y connais rien, tu arriverais sûrement à le traficoter et à couper le courant…

Ta mère réfléchit : elle est dotée d'un pouvoir d'élasticité, qui lui permet d'allonger bras et jambes à souhait. Elle pourrait peut-être passer au-dessus de la barrière, mais elle est si faible qu'elle n'est pas certaine d'en être capable. Comment franchir cet obstacle ?

1) ÉTEINDRE LE GÉNÉRATEUR

- RENDEZ-VOUS À LA PAGE 230

2) PASSER AU-DESSUS DE LA BARRIÈRE LASER

- LA FEMME ÉLASTIQUE SERA-T-ELLE ASSEZ SOUPLE POUR PASSER À LA PAGE 61 ?

L'ATTAQUE DES SOLDATS DE LA SERRE

Tu attends patiemment jusqu'à ce que les militaires se rapprochent au plus près de vous, en retenant ta respiration. Des gouttes de sueur perlent le long de ton visage… Vous risquez d'être repérées à tout moment. En plus, les plantes derrière lesquelles vous vous cachez te semblent vivantes et ne cessent de bouger, ce qui ne t'inspire guère confiance. Ta mère prend sur elle et te sourit, essayant d'être rassurante. Cela te redonne un peu espoir.

Une botte, puis une autre… Les pieds des soldats apparaissent enfin sous les feuillages. C'est le moment ou jamais ! Suivie de ta mère, tu bondis de derrière ta cachette et pousses de toutes tes forces l'un des deux militaires contre l'autre. Ta mère est tout aussi efficace : elle profite du désarroi des soldats pour enrouler ses bras élastiques autour d'eux, afin de les immobiliser. Tu attrapes alors une liane transgénique et t'en sers pour ligoter vos assaillants. Vous pouvez reprendre votre chemin et inspecter la serre, mais il va falloir être rapides : le poste des soldats resté vaquant risque de vite alerter le reste des troupes !

UN DERNIER EFFORT ! VA À LA PAGE 287

LA POTION VAPOREUSE

La potion vaporeuse te paraît la plus dangereuse : tu te saisis d'une fiole et, sans attendre, la lances en direction des ennemis. Le flacon s'éclate au sol, aux pieds des Drs Moreau. Aussitôt, de grandes traînées de fumée émergent des débris de verre, s'épaississant au contact de l'air à une vitesse hallucinante !

Très vite, scientifiques et militaires sont aveuglés. Tu ne distingues bientôt plus leurs silhouettes, leur présence n'étant perceptible qu'à leur toux et à leurs éternuements. L'un des soldats s'effondre, asphyxié. Bien joué ! Il faut vite profiter de cette diversion pour filer !

Malheureusement, la fumée commence déjà à se dissiper. Les sillons de poussière disparaissent aussi vite qu'ils sont apparus. L'effet n'a duré que quelques secondes ! Et mis à part le soldat étourdi, tes ennemis reviennent bien rapidement à leurs esprits… Au sourire goguenard des Drs Moreau, tu comprends que tu es bel et bien perdue.

— La fête est finie ! se moque Anton. Emparez-vous d'eux !

Les militaires se saisissent de vous sous le regard cruel des savants fous. Désormais, vous leur appartenez.

PERDU !

RECOMMENCE, OU REPARS DE LA PAGE 287 !

LA CHANCE ! TE VOILÀ ARMÉE D'UNE SERINGUE !

Tu tends la main et saisis une seringue. Le liquide verdâtre qu'elle contient t'est complètement inconnu, mais fera certainement l'affaire ! De toute façon, pas le temps de changer d'avis : le Dr Moreau se retourne vers toi, scalpel à la main ! Tu te penches, plantes l'aiguille dans son épaule et injectes le liquide. Puis tu lâches la seringue, à la fois impressionnée par ta propre force, et en proie à la panique. Le Dr Moreau vacille, tente plusieurs fois de se rattraper au fauteuil et à la table des instruments, mais finit par s'effondrer, emportant les ustensiles qui s'étalent au sol avec fracas.

Tu te penches… Une haleine chaude souffle sur ta joue. Ouf, Moreau est toujours en vie ! Délicatement, tu fouilles la blouse et y récupères la clef de la porte. Avec un soupir de soulagement, tu files à l'extérieur de la pièce.

VITE ! IL FAUT REJOINDRE LE COULOIR.

VA À LA PAGE 23

LE BARRAGE MILITAIRE

Tu regardes ton père, incapable de parler. Ton père grommelle dans sa barbe en comprenant qu'il va devoir s'arrêter, mais ralentit, sans faire demi-tour. La voiture s'immobilise non loin d'un soldat. Celui-ci s'approche de la portière de ton père et lui fait signe d'ouvrir la fenêtre.

— Monsieur, je vais vous demander de bien vouloir nous suivre.

— Qu'est-ce que ça signifie ? demande ton père.

Le militaire se tourne vers un de ses collègues ; ils échangent quelques mots que vous n'entendez pas.

Soudain, une dizaine de militaires se ruent sur la voiture. Ils ouvrent les portes et vous arrachent de force à l'habitacle. Le premier soldat vous regarde avec insistance et répète :

— Monsieur, il va falloir nous suivre.

Les militaires vous entraînent tous deux le long de la route, vers le grand bâtiment blanc qui s'avère être un complexe scientifique. Une fois dans le laboratoire, vous vous retrouvez bien vite dans un bureau devant un couple de scientifiques en blouse blanche. Ils se présentent : Anton et Frédérique Moreau.

— Moreau ? Vous êtes les parents de Nora ?

Frédérique voit ta surprise et acquiesce. Sur sa chaise, ton père se raidit. Il se tourne vers toi. Tu lis la peur dans son regard. Frédérique se tourne vers toi, douce.

— Cassandre, nous avons besoin de toi. Mon mari et moi avons bien connu ta mère avant sa mort. Elle avait un ADN… particulier, incroyable même, et très utile pour nos recherches. Tu en as probablement hérité. Tu ne t'es jamais sentie… différente des autres ? Surtout maintenant que tu es en pleine puberté ?

Tu ne sais que répondre. Peux-tu faire confiance à cette inconnue ? Après tout, ils vous ont fait venir *manu militari*, et tu n'es pas sûre que ce soit une procédure « normale » dans le cadre d'études scientifiques. D'un autre côté… tes pouvoirs naissants te font peur et tu n'en as parlé à personne. Est-ce que ça a quelque chose à voir avec le génome de ta mère ? Ces médecins se doutent-ils de ce poids qu'elle a sur le cœur ? C'est peut-être le moment de se livrer ?

Frédérique reprend, comme si elle pouvait lire dans ton esprit :

— Tu n'en as certainement parlé à personne, même pas à ton père. Les hommes ont du mal à comprendre, c'est normal. Mais tu peux te livrer en toute confiance. J'ai une fille de ton âge, et j'ai eu ton âge, je comprendrai. Je ne veux que ton bien.

Une vision t'apparaît : un homme aux yeux brillants comme les tiens attaque Anton. Tu reviens à toi et regardes les deux scientifiques, terrifiée.

1) TU LEUR RACONTES TOUT
- LA PAROLE EST D'ARGENT ?
VA VOIR À LA PAGE 218

2) TU TE MURES DANS LE SILENCE
- LE SILENCE EST D'OR ? VÉRIFIE PAGE 47

LE COULOIR DE LA MORT

Tu attends que les véhicules soient partis, escortés par les militaires.

Une fois seule, tu remontes le couloir pour inspecter les autres pièces. Tu aperçois au loin des alcôves creusées à même la roche et fermées par des grilles. Serait-ce des cellules ? Tu t'élances vers ta découverte.

Malheureusement, tu es allée un peu vite, tu as fait un peu trop de bruit, et le soldat fermant la marche, alerté, se tourne vers toi et te repère aussitôt. Il arme son fusil tranquillisant. Tu ne le vois pas, trop heureuse d'avoir peut-être retrouvé ton père. Tu ne sens qu'une vive douleur dans le dos. Tes membres sont lourds et de plus en plus difficiles à bouger. Un pas. Tu n'en feras pas plus. Tu t'écroules.

ÇA PIQUE UN PEU ?

QUE ÇA NE T'EMPÊCHE PAS
DE RECOMMENCER L'AVENTURE…
OU DE REVENIR À LA PAGE 220 !

LA VOIX DES ESCLAVES

Tu te faufiles discrètement derrière des pylônes soutenant la plate-forme où se tient l'homme qui surveille les travailleurs. Tu te rapproches du petit groupe d'esclaves trieurs. Ils ne te voient pas. Ils ont les yeux dans le vague, leurs mains répètent les mêmes gestes de façon mécanique.

— Que faites-vous ? chuchotes-tu.

Ils semblent effrayés mais se détendent : tu es très jeune.

— Ne t'approche surtout pas, cette substance est très dangereuse pour les humains ! t'avertit-il.

Mais tu es déjà près d'eux. Rien ne semble se produire. Tes yeux lumineux te trahissent : tu es comme eux ! Les prisonniers te regardent, leurs yeux brillent à leur tour, comme en signe de reconnaissance.

— Que fais-tu là ? demande l'un d'eux.

— Je cherche mon père. L'armée l'a enlevé.

Aucune réponse… Tu es un peu confuse.

Les esclaves se regardent entre eux. L'un d'entre eux s'approche, tout en faisant mine de continuer à travailler.

— Comment t'aider ?... Nous ne sommes pas d'ici. Mais tu le sais, non ?

De plus en plus confuse, tu nies de la tête. Qu'est-ce qu'ils entendent par là ? Le premier mineur a l'air sceptique.

— Pourtant, tu es comme nous... Pourquoi tu ignorerais nos origines ?

— Nos origines ?

Une troisième inconnue lève les yeux au ciel.

— On vient d'ailleurs. On est « extraterrestres », comme disent les humains. Puisque tu es des nôtres, tu devrais le savoir...

« Extraterrestres » ? Mais alors...

— Oui, tu m'as bien entendue. Tu n'as pas toujours eu les yeux lumineux. Et depuis quelque temps, tu as des pouvoirs. Je me trompe ?

— Oui, mais je...

Tes yeux, tes pouvoirs... Alors, ce serait vrai ? Ça te semble incroyable, et pourtant, cela expliquerait beaucoup de choses... Tu secoues la tête, comme pour chasser ces pensées. Il faut te concentrer : il y a plus important dans l'immédiat.

— OK, je vous crois. Mais mon père, vous l'avez vu ?

— À quoi ressemble-t-il ? demande le deuxième Alien. Nous le connaissons peut-être...

— Je ne pense pas... (Au fil de la conversation, tu en as la certitude : ton père n'a jamais eu de pouvoirs, ni les yeux qui s'illuminent.) Il est humain.

— Un humain ? Ça fait bien longtemps que je n'en ai pas vu par ici. Ils ne peuvent pas s'approcher de la météorite, cette pierre est très nocive pour eux.

— J'en ai vu passer un ! Ce soir, vers les cellules ! s'écrie un autre.

Ton père ? Qui cela pourrait-il être d'autre ? Il faut que tu trouves un moyen de le rejoindre et de le libérer.

— Que faites-vous ? tu demandes.

— Nous travaillons contre nous-même, te répond le premier extraterrestre. Cette matière que nous extrayons permet au laboratoire de créer des armes puissantes issues de notre technologie, ainsi que d'alimenter le générateur de la barrière antipouvoirs qui encercle cet endroit. Les humains ne peuvent pas s'en approcher, aussi ils ont besoin de nous.

— Mais d'où vient cette pierre ?

— De notre planète. Il s'agit d'un astéroïde qui s'est détaché lors de la destruction de Bellatrix. Il s'est écrasé ici lors d'une tempête particulièrement violente. Les scientifiques qui dirigent cet endroit ont vite compris que cette pierre était précieuse et ont fait construire le laboratoire au-dessus du cratère.

Tu regardes les Aliens, peinée. Les pauvres sont enfermés ici jour et nuit à faire un travail harassant. Même si tout ça n'est peut-être qu'une mise en scène avec des effets spéciaux que, certes, tu ne parviens pas à t'expliquer (d'autant que tu préférerais que tout soit comme avant, et que tes yeux soient aussi peu lumineux que ceux d'Elijah et de son insupportable meilleure amie Nora), ils te font de la peine.

— Tu dois absolument fuir, te conseille l'un des Aliens.

Pourtant, tu voudrais tenter de les aider. Tu leur demandes comment faire.

— Malheureusement, c'est impossible. Le Dr Crazy nous surveille jour et nuit, et il nous bat. Il est devenu fou à force de rester sous terre, obsédé par la pierre.

Ils semblent tenir à ce que tu prennes la fuite. On te dit que l'un des Aliens doit transporter le bac en haut de la plate-forme, où a lieu la construction des armes. Avec sa complicité, tu te glisses dans le bac et arrives vite en haut. Et maintenant, quoi ?

1) TU VAS AU PANNEAU DE CONTRÔLE

- TU LE TROUVERAS PAGE 191

2) TU TE DIRIGES VERS LE SAVANT FOU

- IL T'ATTEND PAGE 238

FABULEUX ! TU AS GAGNÉ UN… MARTEAU À RÉFLEXES !

Tu tends la main et saisis… un marteau à réflexes ! Mince, ce n'est pas la meilleure arme de défense que tu aurais pu trouver ! Tu n'as pas le temps de choisir un autre instrument : le Dr Moreau se retourne vers toi, scalpel à la main, le regard braqué sur ton arme misérable, avant d'exploser d'un rire méchant.

— Ma pauvre petite ! Qu'est-ce que tu espères faire avec ça ? Arrête un peu tes bêtises, veux-tu !

Cependant, tu ne te décourages pas et tentes de lui asséner un coup avec ton marteau. Malheureusement, Moreau esquive aisément ton attaque et repousse ton bras d'un geste brusque. Le marteau s'échappe de ta main et tombe au sol. En désespoir de cause, tu te jettes sur elle. Tu lui donnes des coups de toutes tes forces et tu tentes de la repousser. Mais tes tentatives ne sont récompensées que par ses moqueries. Tu prends alors ton courage à deux mains et attrapes un scalpel. Moreau parvient là encore à te désarmer.

— Tu commences à me fatiguer avec tes âneries !

Elle parvient à te repousser jusqu'au fauteuil et à sangler tes membres, puis dégaine un talkie-walkie. Elle appelle en renfort des soldats, qui débarquent aussitôt dans la pièce.

— Surveillez-la !

Tu sens qu'on t'injecte dans le bras le contenu d'une seringue. Puis le docteur lève le regard vers toi, sourire aux lèvres.

— À nous deux !

La dernière chose que tu vois, c'est un scalpel que l'on tient comme une arme…

GAME OVER !

TU PEUX RECOMMENCER L'AVENTURE DEPUIS LE DÉBUT,
OU RETENTER TA CHANCE À PARTIR
DE LA PAGE 126.

UNE BONNE ACTION

Du haut du conduit, tu cherches un moyen d'aider l'Alien. Les scientifiques font des allées et venues dans la salle en observant l'expérience. Tu attends qu'ils passent sous la grille et mets un grand coup avec tes deux pieds. Tu tombes de tout ton poids sur les scientifiques : tu les assommes net.

Tu veux détacher l'Alien, mais les éclairs t'empêchent d'approcher. Tu essaies d'éteindre la machine. Tu appuies sur tous les boutons – rien à faire. Finalement, tu optes pour une solution plus radicale : tu en arraches les fils.

Plus d'éclairs. Tu détaches l'Alien. C'est une femme d'une trentaine d'années, mais son visage et son corps sont fatigués, abîmés par les mauvais traitements qu'elle a subis. Elle semble sur le point de succomber à ses blessures. Elle se tourne vers toi et, dans un souffle, te dit :

— Merci, merci beaucoup.

— Pardon, j'aurais dû… Il faut vous soigner !

— C'est trop tard pour moi, avoue-t-elle dans un demi-sourire. J'ai eu de la chance. J'ai réussi à cacher mes pouvoirs assez longtemps pour échapper aux expériences. J'étais en bas.

Tu la regardes sans comprendre. Elle s'explique :

— Au sous-sol. C'est là qu'ils emmènent ceux qui ont des pouvoirs qu'ils jugent inintéressants. Pour les faire travailler. Un accident a déclenché mon pouvoir, trop longtemps réprimé. Ne tente pas de cacher tes aptitudes, les conséquences pourraient être graves.

Tu sens l'Alien faiblir dans tes bras. Elle se tourne vers toi.

— Pars. Il est trop tard pour moi.

Tu secoues la tête. Tu ne veux pas la laisser. Elle te pousse vers la porte. Tu penses à ton père qui t'attend dans cet enfer et t'éloignes. Tu jettes un œil à la trappe du conduit d'aération. Elle est trop haute – impossible de repasser par là. Tu sors discrètement par la porte.

Au bout du couloir, il y a deux portes. L'une d'elle pourrait donner sur l'extérieur… Mais tu n'en es pas certaine. L'autre, en tout cas, devrait donner sur un escalier de secours qui descend vers ce fameux sous-sol dont l'Alien t'a parlé. S'ils y emmènent les gens sans pouvoirs, ton père y est probablement. Laquelle choisis-tu ?

1) TU OUVRES LA PORTE DE DROITE

- ZOU ! À LA PAGE 189 !

2) TU OUVRES LA PORTE DE GAUCHE

- DESTINATION : PAGE 29 !

Y A-T-IL UN PILOTE DANS L'HÉLICO ?

Tandis que tu hésites à continuer ta fuite à pied, les militaires se rapprochent et se mettent à vous tirer dessus.

— À terre ! te crie Gray.

Vous vous laissez tomber au sol et recouvrez vos têtes de vos bras dans une tentative un peu futile de vous protéger. Les soldats sont encore loin, mais ils avancent à grands pas…

— Vite ! Prenons l'hélicoptère ! On a encore le temps ! proposes-tu à l'Alien.

— Ça ne va pas ? Je n'ai jamais piloté un truc pareil ! proteste Gray.

Les salves de tirs reprennent. Bien vite, ton ami se rend compte que vous n'avez pas vraiment le choix. Tu as raison, l'hélicoptère est désormais votre seule option.

— Allons-y ! crie l'extraterrestre.

Vous rampez aussi vite que possible en direction de l'engin, dissimulés sous les tiges géantes de cette prairie sauvage. Les militaires sont maintenant près de vous, mais vous êtes enfin arrivés à l'hélicoptère, dans lequel vous grimpez sans attendre. S'installant au poste de commande, Gray active le rotor, et l'hélicoptère s'élève dans les airs... mais très vite, vous êtes propulsés vers l'arrière sur plusieurs dizaines de mètres en rasant le sol !

Gray ne semble pas du tout contrôler l'engin... Vous êtes aussi angoissés l'un que l'autre, la présence des soldats à terre n'arrangeant rien. D'instinct, tu enclenches à fond le levier dans la direction inverse, réussissant par miracle à stabiliser l'appareil, qui bondit en avant. Gray reprend alors les commandes, activant la puissance maximale. D'un coup, l'hélicoptère se met à foncer, mais vous avez toujours beaucoup de mal à maintenir le cap. Régulièrement, vous perdez violemment plusieurs mètres d'altitude, jusqu'à frôler dangereusement le sol. D'impressionnantes traînées de poussière sont projetées sur le pare-brise, si bien que vous êtes obligés d'avancer à l'aveugle. Le bruit assourdissant des pales qui fauchent l'air au-dessus de vous n'aide en rien votre affaire...

Alors que vous parvenez à vous éloigner davantage du laboratoire, Gray évite de justesse la tour de contrôle, sur laquelle vous manquez de vous crasher. Ton cœur descend d'un coup dans ta poitrine. L'hélicoptère fait un tour quasi complet sur lui-même. C'est la panique à bord ! Tu dois ravaler ton envie de vomir pour aider de nouveau Gray à contrôler l'appareil en ajoutant ta force à la sienne pour maintenir le manche en place. Malheureusement, vous continuez d'essuyer des rafales de tirs, jusqu'à ce que l'un des militaires touche le réservoir de carburant !

Enfin, vous avez dépassé les barbelés entourant le complexe et vous survolez la forêt, hors de portée des soldats à vos trousses. Cependant, l'essence ne cesse de se répandre, et s'il y a bien un cadran sur le tableau de bord que tu arrives à lire, c'est le niveau de carburant… qui a presque atteint le seuil critique ! Il faut absolument réagir mais, si vous tentez de vous poser maintenant, vous risquez d'être très vite rattrapés par les militaires. Quelle est la meilleure solution ?

1) TU ACCEPTES DE CONTINUER VOTRE ROUTE EN DÉPIT DU RISQUE D'ACCIDENT

– *VRRR !* PAGE 290 !

2) TU DEMANDES À GRAY DE POSER L'APPAREIL AU RISQUE D'ÊTRE CAPTURÉS

– *STOP !* PAGE 102 !

LA NOUVELLE EXPÉRIENCE DU DR MABOUL

Tu tentes d'atteindre le panneau. Tu cours le plus vite possible et te jettes sur les commandes. Mais les soldats sont plus rapides. Alors que tu t'apprêtes à libérer les Aliens, les militaires se saisissent de toi, et t'amènent auprès du Dr Crazy. Tu vois ses yeux fous sur toi (il n'a pas volé son surnom), et son lent sourire qui suinte sur son visage. Et tu comprends soudain qu'à présent, ton sort est entre ses mains.

GAME OVER

MAIS TU PEUX ALLER VÉRIFIER SI TU T'EN SORS EN RETOURNANT AU PANNEAU DE CONTRÔLE, PAGE 191 !

DÉSACTIVER LE CHAMP DE FORCE

Abandonner ton père ou déserter le combat… Tu es perdante dans les deux cas. Mais, au fond de toi, tu sais bien ce que tu dois faire : suivre le plan. Même si cela te déchire le cœur, tu ne peux pas te détourner de ta mission : tes nouveaux amis risqueraient d'y perdre la vie en voulant sauver celle des autres. Toi aussi, tu dois apprendre le sens du sacrifice. Tu détournes le regard du couloir d'où ton père a déjà disparu, et tu te retournes vers la salle du générateur. Il n'y a plus un instant à perdre.

Tu franchis le seuil de la porte, et te retrouves tout de suite face au générateur. Le dispositif futuriste fait un peu tache dans cette petite pièce sombre à l'équipement sommaire. En effet, le tableau de contrôle du champ de force diffuse des signaux lumineux fluorescents, en même temps que des messages sonores cryptés. Tu as un peu peur de faire une bêtise en le manipulant… Étais-tu vraiment la bonne personne pour ce rôle ? Tu t'es peut-être un peu surestimée en te proposant.

Comme te l'a expliqué Gray, tu ouvres le panneau, prête à débrancher le fil bleu. Cependant, tu découvres un circuit électrique beaucoup plus compliqué que ce à quoi tu t'attendais… Débrancher le fil bleu ! Mais lequel ? Il y a des dizaines de fils, et au moins deux sont bleus ! Tu ne peux plus suivre les instructions, il va falloir trouver la solution par toi-même…

Gray pensait sûrement au fil le plus épais. Il n'aura pas remarqué l'autre, un peu caché par d'autres câbles. Tu débranches donc le fil le plus évident… mais rien ne se passe. Énervée, tu arraches le second. La lumière verte émise par le générateur s'éteint, tandis qu'un signal rouge apparaît. Tu as réussi ! Le champ de force est désactivé ! Tu n'as toutefois pas le temps de célébrer ta victoire : le générateur commence à émettre des sons très étranges. Vite, tu prends tes jambes à ton cou… mais tu n'as pas le temps de t'éloigner suffisamment. Un bruit d'explosion retentit, et tu es projetée au sol.

Tu ouvres un œil… Tu es encore vivante. Ouf, cette explosion t'a mise dans les vapes quelques instants, rien de plus. Tu découvres certains de tes amis aliens dans la pièce : inquiétés par la déflagration, ils sont venus te secourir. Tes alliés t'aident à te relever et, ensemble, vous parcourez le souterrain puis remontez les étages du laboratoire en direction des geôles pour libérer vos camarades. Tu cours, tu ouvres toutes les cellules, toutes les portes… Impossible de retrouver ton père ! Pourtant, il apparaît soudain, tenu en joue par le Dr Frédérique Moreau ! Elle ne compte pas tomber avec ses petits amis scientifiques ! Derrière eux, une grande verrière te permet d'apercevoir les premiers Aliens libérés en train d'être évacués vers la forêt… Comment sauver ton père et les rejoindre ?

1) TU TENTES DE RAISONNER LE DR MOREAU

– TU T'EN SENS LES ÉPAULES ? VÉRIFIE PAGE 185 !

2) TU ESSAIES DE DÉSARMER LE DR MOREAU

– C'EST ELIJAH, LE KARATÉ KID…
MAIS ON NE SAIT JAMAIS ! VA VOIR PAGE 283

EN VILLE

Le cœur battant, tu t'éloignes à toute vitesse, déterminée à trouver de l'aide en ville. La lune, qui brillait si fort quand tu es sortie du cinéma, est à présent cachée par d'épais nuages. Le vent se lève, tu frissonnes. Tu n'es pas assez habillée pour la saison, c'est ce que ton père te dit tout le temps. Ça t'énerve, mais pour une fois, il a raison. Tes pas te mènent vers une longue route de campagne. Tu entends dans ton dos des bruits de moteur, mais tu ne te retournes pas. Si tout était normal et que tu rentrais seule chez toi, tu aurais tes écouteurs sur les oreilles et tu avancerais, coupée du monde, n'est-ce pas ?

Le bruit s'amplifie. Quelques voitures te frôlent. L'une d'elle ralentit soudain en passant à ton niveau et s'arrête quelques mètres plus loin. Tu accélères le pas comme si tu ne l'avais pas vue. Tu n'es pas rassurée. La vitre se baisse au moment où tu arrives, et tu t'efforces de ne pas tourner la tête.

— Mademoiselle ? Vous allez bien ?

Tu te figes en entendant une voix féminine et te retournes vers la voiture. Une femme d'une cinquantaine d'années te sourit. Très aimable, elle te demande ce qu'il t'est arrivé. Comme tu ne réponds rien, elle s'efforce de te mettre à l'aise.

— Tu sais, ma puce, ma fille doit avoir ton âge… Et je n'aimerais pas la savoir toute seule comme ça dans la nuit ! Est-ce que tes parents savent au moins où tu es ? Tu ne veux pas que je te dépose ?

Tu hésites une seconde. La dame a l'air tout à fait normale. Rien à voir avec les militaires que tu as croisés. Et puis… Pas de nouvelle vision.

Le soulagement finit alors par l'emporter. Tu hoches la tête et montes dans la voiture. La dame te sourit avant de se concentrer sur la route. Tu pousses un soupir et en profites pour fermer les yeux quelques minutes. La conductrice ne te force pas à parler. Ce qui t'enlève une grosse épine du pied : tu es trop sur les nerfs pour papoter. Seulement, elle ne te « force » pas non plus à lui donner ton adresse. Et ça, c'est un peu bizarre.

Tu te redresses légèrement sur ton siège, tendue. En faisant un peu attention à la route, tu te rends compte que les ruelles étroites sont déjà derrière toi… Et, bientôt, que vous arrivez sur la départementale… qui mène tout droit vers le bâtiment blanc que tu as aperçu plus tôt, et vers le barrage des militaires.

1) TU NE DIS RIEN

- ALORS TU DOIS ALLER À LA PAGE 228

2) TU DEMANDES À CHANGER DE DIRECTION

- CETTE BONNE FEMME NE TE DIT RIEN QUI VAILLE. RENDS-TOI À LA PAGE 50 !

INCONSCIENCE

Tu restes allongée, les yeux clos. Des dizaines d'hypothèses défilent dans ta tête : est-ce une simple blague à laquelle ton père te fait participer ? Ça ne lui ressemble pas, et ces soldats paraissent trop sérieux… Veulent-ils t'interroger ? À quel propos ? Qui peut bien les diriger ?

Pour ne rien arranger, tu es prise depuis quelques minutes d'effroyables maux de tête, comme tu en as de plus en plus ces derniers temps. C'est assez violent pour que tu t'en plaignes au médecin, qui n'en a pas trouvé la cause. Tu poses la main sur ton front dans l'espoir que cela te soulage un peu. À ce moment-là, une étrange vision t'apparaît : bien que les images soient floues, tu perçois clairement ton père, le visage déformé par la douleur, entouré de militaires, mais également d'hommes en blouse blanche. Des scientifiques ? Ces derniers, armés de seringues aux produits fluorescents, font subir des tests à ton père, qui essaie vainement de se dégager. Cette vision d'effroi s'arrête à l'instant où la portière du fourgon s'ouvre sur deux nouveaux soldats.

Tu continues de jouer la comédie. Les deux militaires, en pleine conversation, ne font pas attention à toi. L'un d'eux explique à son camarade qu'ils ont pour ordre de te mener aux Drs M., au premier étage du laboratoire. Tu ne comprends pas ce qui se passe, mais ton instinct te crie de fuir. C'est le moment que tu choisis pour donner un gros coup de pied au militaire te faisant face qui, surpris, tombe à la renverse. Le second, pris au dépourvu, n'a pas le temps de t'arrêter tandis que tu le pousses de toutes tes forces en arrière. Le militaire heurte la fourgonnette et tombe au sol, assommé. Fuir, et vite !

Le cœur battant, tu cours te cacher. La forêt de Bois-Tempête encercle le lieu où les militaires t'ont menée. Tapie dans l'ombre, tu observes les alentours : le fourgon est arrêté devant un bâtiment immense, entouré de barbelés. Au loin, tu aperçois même une grande tour pourvue d'une antenne géante et, derrière, ce qui ressemble à une serre. L'endroit est gigantesque, tu en as presque le vertige. S'agit-il du laboratoire dont parlaient les soldats ? Mais alors… la vision que tu as eue, peux-tu la considérer comme réelle ? Ton père est-il vraiment dans ce laboratoire, en train d'être torturé ?

Dans tous les cas, tu dois en avoir le cœur net. Reste à savoir si tu peux y parvenir toute seule.

1) TU TENTES D'ENTRER DANS LE LABORATOIRE POUR SAUVER TON PÈRE

- PAS UNE MINUTE À PERDRE ! VA À LA PAGE 195 !

2) TU REBROUSSES CHEMIN

- TROUVERAS-TU DE L'AIDE EN VILLE, PAGE 148 ?

AUX GEÔLES

Les Drs Moreau ne te croient pas, mais si jamais tu disais vrai, ils seraient en danger. Ils t'emmènent donc, escortés par deux militaires. Vous traversez de longs couloirs, prenez l'ascenseur, et arrivez finalement à la prison.

Tu découvres avec stupeur deux longues rangées de cellules où s'entassent des dizaines d'extraterrestres prisonniers. Tes yeux passent de cellule en cellule, et tu aperçois ton père. Il va bien ! Tu es un petit peu soulagée.

Dax aussi est là. On l'a envoyé faire le piquet devant les cellules pour le punir. Il semble surpris de vous voir arriver. Tu as gagné du temps, mais tu es à court d'idées. Les Moreau se tournent vers toi.

— Tu as eu ce que tu voulais. Maintenant, c'est le moment de tout nous dire, sinon…

Soudain, les portes s'ouvrent, et les prisonniers sortent. Ils se jettent sur leurs bourreaux qui, surpris, n'ont pas le temps de réagir. Ta fausse prémonition était vraie !

Tu vois Dax devant le panneau de contrôle. Il te sourit : c'est lui qui a ouvert les cellules ! Quelqu'un se jette sur toi. Heureusement, avant que tu aies pu réagir en lui collant le coude dans le ventre (par exemple), tu comprends qu'il s'agit de ton père. Les Aliens se réunissent pendant vos embrassades.

— Maintenant il faut s'enfuir ! Et trouver… Axil, dit l'un des prisonniers.

C'est ce que l'Alien mourant t'a dit !

Ton père, soudain très alerte, t'entraîne à la suite de vos camarades vers la cellule d'Axil, qui se trouve à part. Vous allez enfin vous échapper.

Au cœur de ta joie, tu penses à ta mère. Tu n'auras trouvé aucune explication à sa disparition. Et de penser à tout ce qu'elle a enduré… La tension et un chagrin soudain te font fondre en larmes dans les bras de ton père. Celui-ci essaie de te dire quelque chose, mais tu n'écoutes pas ses paroles de réconfort. Tu ne remarques pas sur la porte le symbole étrange que tu avais vu dans la vision donnée par le télépathe. Les Aliens s'y engouffrent. Puis ressortent avec… Tu n'en crois pas tes yeux ! La silhouette aux longs cheveux violets s'approche de ton père et de toi en souriant. Maigre, fatiguée, plus âgée. Et pourtant oui, tu lui ressembles. Et pourtant elle ressemble au souvenir que tu as gardé d'elle : ta mère.

Axelle était le nom humain qu'elle utilisait, dérivé de son vrai nom, Axil. Vous tombez dans les bras l'une de l'autre. Maintenant, plus rien ne peut vous arrêter.

YEP ! TU AS BIEN MÉRITÉ CETTE VICTOIRE !
MAIS RIEN NE T'EMPÊCHE DE RECOMMENCER.
ALLEZ, VAS-Y, ON SAIT QUE TU EN CRÈVES D'ENVIE !

DÉDALE DANS L'OBSCURITÉ

Tu te raisonnes : à en croire ton expérience, tu n'as aucune chance de mener ton enquête sans te faire repérer. Même si cela te coûte, tu dois cesser de nourrir l'espoir de retrouver tes parents par toi-même. En tout cas pour l'instant. Dans l'immédiat, tu dois te concentrer sur Axil : si l'extraterrestre dit vrai, elle seule peut t'aider à t'échapper. Tu relèves la tête vers le mourant, le regard compatissant. Tu le remercies, même si tu n'es pas certaine qu'il puisse réellement t'entendre. Ses yeux de nouveau clos te laissent penser qu'il est déjà parti… C'est au moins la fin de ses souffrances.

Tu n'es pas mécontente de quitter cette horrible salle de torture. Te revoilà bientôt dans le dédale de couloirs de ce laboratoire. Tu te remémores alors les images qui viennent de t'être transmises, afin de chercher dans le décor qui t'entoure des traits similaires. Le couloir… C'est déjà un premier indice : une grande baie vitrée le rendait particulièrement lumineux. À travers, on apercevait au-dehors une grande tour pleine d'antennes. Sûrement une tour de contrôle. Tu peux déjà écarter les sous-sols et bas étages… Ce couloir était définitivement vers le sommet du bâtiment. Tu empruntes donc l'escalier le plus proche et progresses d'étage en étage le plus discrètement possible, te cachant où tu peux dès lors que tu croises des scientifiques. Abritée derrière un pilier, tu avises deux militaires traînant par les pieds un extraterrestre qui se débat en vain. Ta colère ne fait que grandir. Quel traitement odieux ! Soudain, une panne de courant. Qu'il s'agisse bien d'un accident ou non, cela t'aidera à rester discrète.

Un générateur de secours se déclenche, maintenant les portes verrouillées. Les couloirs restent cependant très sombres, à peine éclairés par les néons indiquant les issues de secours. Finalement, même si l'ombre te protège, cette panne n'est pas si appréciable… Te repérer est plus difficile et, surtout, elle ne te facilite pas la tâche pour connecter les lieux aux images mentales. Refusant de perdre espoir, tu continues à scruter le moindre indice quand tu sens tout à coup un mouvement près de toi… comme une présence. Tu t'immobilises et arrêtes de respirer : une forme se distingue, sortant de l'ombre. Qu'est-ce que c'est que cette bestiole ? La silhouette se déplace vers la porte qui te fait face… Tu entends ses pas, seuls à résonner dans le calme parfait du couloir. Petit à petit, il te semble que tu t'habitues à l'obscurité… Les contours prennent du relief, les couleurs réapparaissent… En réalité, tes yeux extraterrestres se sont mis à briller, compensant le manque de luminosité. Tu plisses les paupières de manière à saisir ce que tu as en face de toi… C'est un chien à deux têtes ! Il se met d'ailleurs à grogner. Et malheureusement, tes yeux lumineux font de toi une cible très distincte. Le chien ne les a pas manqués ! Il fonce sur toi en aboyant. Que faire ? Tu pourrais tenter une diversion : lancer ta veste le plus loin possible en espérant que le chien parte à sa poursuite. Tu peux aussi fermer les yeux afin de redevenir invisible au regard de la bête, puis avancer lentement vers la porte pour te sortir de là…

1) TU FAIS DIVERSION

- AVANCE TES PIONS PAGE 200

2) TU FERMES LES YEUX POUR AVANCER

- EN ESPÉRANT NE PAS TE PRENDRE UN MUR !

VA VOIR À LA PAGE 261

LA FUITE EN FORÊT

Redoutant l'arrivée des soldats, vous courez, Gray et toi, le plus vite possible à travers la prairie, jusqu'à vous enfoncer au cœur de la forêt. Les bois sont denses, vous avez encore une chance de vous cacher des militaires, mais il ne faut pas traîner.

Dans ce décor, tout se ressemble : tu es incapable de distinguer un arbre d'un autre, un rocher de son voisin. Déjà que tu n'aimais pas Bois-Tempête quand tu étais tranquillement au chaud chez toi… L'idée de te perdre ici ne te plaît pas du tout ! Comment vous repérer pour échapper à ces satanés bois ? Tu repenses à ces balades en forêt, en cours de sciences naturelles, durant lesquelles tu aurais mieux fait d'écouter les explications de ta professeure plutôt que de soupirer à chaque pas pour plaire à tes camarades… Qu'est-ce que Mme Besset disait sur la mousse, le vent, le sens des branches, déjà ? Tu pensais n'avoir jamais à t'en servir ! D'ailleurs, dans quelle direction dois-tu te diriger ? Aucune idée. Avec un peu de chance, Gray devrait mieux connaître cette forêt… ce qui se confirme très vite.

— On va suivre la rivière. Il y a un endroit, pas très loin d'ici, où nous serons en sécurité.

— Dans les bois ? t'étonnes-tu.

— Oui, confirme Gray. Un campement secret. C'est là que vivent mes camarades réfugiés.

Tu suis l'Alien, un peu plus rassurée. Malheureusement, ton soulagement ne dure pas. Tu entends bientôt des craquements de feuilles, pas si loin sur vos traces… Vous êtes suivis ! Tu te retournes, sans voir âme qui vive. Cette fois, Gray n'a pas l'air plus serein que toi.

— Sûrement les militaires ! Dépêchons-nous ! Nous devons les semer, je ne veux surtout pas les mener au campement !

Vous courez vers la rivière. Tu perçois déjà le bruit de l'eau. Plus que quelques mètres ! Mais, alors que vous êtes presque arrivés, le sol se dérobe sous vos pas… et vous plongez dans le vide.

Vous voilà tous les deux dans un trou gigantesque… Qui a bien pu creuser cet immense piège ? En tout cas, il faut en sortir, et vite !

— Fais-moi la courte échelle ! proposes-tu à Gray. Je t'aiderai une fois là-haut…

Malheureusement, le rebord est bien trop haut pour être atteint. Vous tentez votre chance plusieurs fois : tu essaies de grimper les quelques mètres restants en t'agrippant aux rochers qui dépassent. Chaque fois, la boue a raison de ta force, et tu ne cesses de retomber au fond du gouffre. Au fil de vos échecs, Gray se laisse gagner par l'affolement. Il a l'air de s'en vouloir.

— Comment ai-je pu manquer ce fichu leurre ? se lamente-t-il. Un tas de feuilles fraîches n'a rien à faire en plein milieu d'un chemin de terre !

— Chut !

Tu tends l'oreille… Là. Des pas qui se rapprochent… Que fais-tu ?

1) CE SONT SÛREMENT LES SOLDATS : TU TE RECROQUEVILLES POUR ESSAYER DE TE CACHER

- LÀ ON TE VOIT, LÀ ON TE VOIT PLUS… PAGE 210

2) TU CROIS EN TA BONNE ÉTOILE : TU APPELLES À L'AIDE

- ET ÇA MARCHE ? VÉRIFIE PAGE 255 !

À TRAVERS BOIS-TEMPÊTE

Tu traverses la forêt en suivant un plan sommaire que Tilémé t'a dessiné. La forêt est sombre. Heureusement, le ciel s'est éclairci, et la faible lumière de la lune te permet de voir à peu près où tu mets les pieds.

Tu espères que ton père va bien. Tu n'es pas très rassurée à l'idée de l'avoir laissé avec une bande d'Aliens. Mais Tilémé t'a promis de veiller sur lui jusqu'à son rétablissement, et tu as envie de le croire : il s'est mis en danger pour vous sauver et est lui-même affaibli par la téléportation.

Tu t'approches d'une rivière dont l'eau est d'un vert fluorescent tout sauf naturel. Un petit groupe de cerfs, en train de boire, te repère. Une biche croise ton regard, une lueur verte passe dans ses yeux. Mais les animaux te laissent avancer sans broncher, contrairement à leur instinct naturel. Plus tu avances, plus tu croises d'animaux au comportement bizarre, comme une rangée massive de fourmis avançant ensemble à toute vitesse. Près de la rivière, une plante pousse devant toi en un instant. Tu observes la plante, ébahie. Tout à coup, tu entends des bruits de pas et des paroles indistinctes. Tu te caches derrière un arbre.

Deux militaires arrivent près de toi. Ils sont épuisés, se plaignent de leur travail. En écoutant leur conversation, tu comprends qu'ils viennent de trouver le campement et d'arrêter plusieurs Aliens… avec un humain. Oh non ! Tu savais que tu n'aurais pas dû laisser ton père ! Que faire, à présent ?

Les prisonniers seront probablement conduits au laboratoire… Tu décides donc de poursuivre ton chemin une fois que les deux militaires seront partis.

Tu vois un des deux militaires, assoiffé, sur le point de boire l'eau de la rivière. L'autre l'avertit :

— Ne bois pas ça ! Le laboratoire déverse tout un tas de choses dedans. Je ne sais pas ce que c'est, et je préfère ne pas savoir. Mais cette eau, je n'y toucherais pas.

Le premier soldat refuse de l'écouter. Il boit malgré l'avertissement avant d'arroser son camarade en riant.

Tu profites de ce moment pour t'échapper discrètement, mais une branche craque sous tes pieds. Les deux militaires se retournent et te repèrent. Tu crois voir une lueur verte passer dans leurs yeux. Tu commences à lever les mains en l'air, pensant qu'ils vont t'arrêter. Le premier pointe son arme dans ta direction et tire. Ils rient. Rendus fous par l'eau du fleuve, ils sont désormais incontrôlables !

Les militaires se mettent à te tirer dessus à tout-va, heureusement sans te toucher. Tu t'échappes aussi rapidement que possible. Tu vois un arbre avec des branches basses : tu décides de grimper. Cachée dans le feuillage, tu observes les soldats qui s'approchent de toi. Ceux-ci semblent soudain à bout de force et désorientés, comme si l'eau de la rivière drainait leur énergie. Mais pour combien de temps ?

Il est probablement plus sage d'attendre qu'ils repartent en restant dans l'arbre. Cela dit, les militaires ne sont plus très menaçants à présent, et ils n'ont pas l'air de t'avoir repérée. Veux-tu en profiter pour sauter sur eux depuis l'arbre ?

1) TU ATTENDS QU'ILS PASSENT

- PEUT-ÊTRE QUE SI TU PENSES ASSEZ FORT
QUE TU NE FAIS QU'UN AVEC L'ARBRE,
VOUS ALLEZ FUSIONNER ? RIEN N'EST MOINS SÛR.
TU AS QUAND MÊME GAGNÉ LE DROIT D'ALLER VOIR
À LA PAGE 69

2) TU LEUR SAUTES DESSUS

- LA FORTUNE SOURIT AUX AUDACIEUX.
VA VOIR CE QUE TU AS GAGNÉ À LA PAGE 76

LE BOUTON ROUGE

Nerveuse, tu fixes le bouton vert : c'est forcément le bon, non ? Cela paraît évident… peut-être trop, d'ailleurs. Les Drs Moreau se sont toujours montrés particulièrement perfides.

Alors que ta main approche du bouton vert, tu hésites et regardes Ryan. Il paraît lui-même partagé, mais il acquiesce pour te donner du courage. Pourtant, alors que tu effleures déjà le bouton vert, tu changes d'avis au dernier moment – sans même en avoir vraiment conscience – et tu appuies sur le bouton rouge. Et puis : rien. C'est le silence complet. Ryan et toi échangez un regard surpris. Vous vous demandez à quoi vous attendre… Mais ton action semble avoir été sans aucune conséquence.

Pourtant, vous entendez bientôt des bruits de pas, au-dessus de vous. Ils sont si forts que les murs en tremblent.

Puis des cris, des rafales de tirs, le tonnerre et le son de la glace qui se cristallise… Les extraterrestres auraient-ils été libérés ?

Vous pointez la tête en dehors du bureau. Un spectacle jusqu'alors impensable s'offre à vous : les extraterrestres sont tous réunis, formant une véritable armée. Délivrés de leurs entraves, ils ont largement l'avantage sur les soldats, qui s'effondrent les uns après les autres. Tu remarques de nombreux scientifiques qui, profitant du tumulte, prennent leurs jambes à leur cou pour se rendre le plus loin possible du navire en feu.

Tu es ravie de les voir déguerpir et d'assister aux retrouvailles des extraterrestres, mais tu restes préoccupée : où est ton père ? Toujours accompagnée de Ryan, tu te mets à errer dans le bâtiment, à sa recherche : tu croises de nombreux petits champs de bataille, au hasard des couloirs. Chaque fois, les Aliens, unis, ont le dessus ; les militaires sont complètement débordés.

Tu arrives près de la salle où les Moreau retenaient ton père quand tu tombes enfin sur lui, occupé à soigner un extraterrestre blessé. Tu te jettes dans ses bras, drôlement soulagée ! Ton père t'explique qu'il a été libéré par les Aliens qui venaient eux-mêmes de retrouver leur liberté. Ils ont vite eu raison des affreux Drs Moreau ! Vous n'aurez plus jamais à les craindre.

Une silhouette s'approche de vous, timidement, et s'accroupit à tes côtés, pour poser une main hésitante sur ton épaule… Tu sens ton cœur s'emballer dans ta poitrine.

À travers tes larmes, tu dévisages celle à laquelle tu ressembles tant. Ta mère est saine et sauve !

GAGNÉ !

TU AS RÉUSSI À SAUVER TES PARENTS EN DÉPIT DE TOUS LES DANGERS !

DANS LA GUEULE DES LOUPS

— Est-ce que vous savez où sont les Moreau ? Où ils vont pour opérer ? demandes-tu à Dax avec autorité.

— Eh bien, ils ont un laboratoire réservé…

— Parfait. Allons-y.

Vous traversez le bâtiment, qui semble presque désert. Dax marche à tes côtés, comme s'il t'escortait. Tu tiens toujours son arme braquée contre son dos. Tu retiens ta respiration quand vous croisez plusieurs de ses collègues.

Va-t-il te dénoncer ? Il doit se douter à présent que tu ne lui feras rien. Ou bien tu es plus effrayante que ce que tu imaginais.

En chemin tu as une autre vision : les Moreau en train de préparer scalpel et pince ; derrière eux, le corps de ta mère recouvert d'un drap ! Tu paniques et pousses Dax pour qu'il presse le pas. Si ça se trouve, ta vision est une réelle prémonition ! Ta mère est peut-être en vie et tu as peut-être une chance de la sauver !

Vous entrez en trombe dans la salle d'opération. Les Moreau sont là, mais pas ta mère ! Ils t'attendent, armés.

Tu sens ton estomac tomber dans tes talons. Anton Moreau se moque de toi :

— Ah, Cassandre… Si jeune, si facile à manipuler ! Si ton père t'avait expliqué qui tu es, tu aurais pu apprendre à maîtriser tes pouvoirs, au lieu de tomber dans le premier piège tendu !

Et le couple de se mettre à rire en t'expliquant la vie. Des vrais méchants de *James Bond*.

Grâce à leurs expériences, les Moreau ont appris à utiliser les pouvoirs de certains Aliens comme une arme. Te souviens-tu du télépathe que tu as croisé en arrivant ici ? Ils l'ont utilisé pour qu'il t'envoie des images mentales ressemblant à une prémonition. Ils t'ont ainsi menée jusqu'à eux sans avoir besoin de te courir après.

Enfin, ils ont pu mettre la main sur toi, malgré tous les efforts de ton père, « ce traître », pour te cacher.

— Ce qu'il te faut comprendre, ma petite Cassandre, susurre la voix horripilante de Frédérique, c'est qu'on voulait à tout prix te retrouver. Vois-tu, tu es, à notre connaissance, le seul spécimen hybride humain/extraterrestre qui a jamais existé… Une mine d'or pour nos recherches !

Les questions se bousculent dans ta tête. Ton père, un traître ? Il savait donc ce qui était arrivé à ta mère ?

Ne sachant que faire, tu pointes ton arme sur les Moreau et exiges de savoir où sont tes parents.

Frédérique te regarde, très sérieuse tout à coup.

— Ta mère est morte depuis longtemps, quant à ton père… Eh bien ça ne saurait tarder. Maintenant, lâche cette arme, tu vas te blesser, petite fille.

Tu vois rouge. La colère monte, tes yeux se mettent à briller, de plus en plus fort. Tu as envie de te venger, d'appuyer sur la détente. Quelque chose en toi te retient. Te souffle que tu vaux mieux qu'eux. Tu vas t'en sortir, mais pas comme ça.

Que décides-tu ?

1) TU LAISSES PARLER TA RAGE ET TIRES SUR LES MOREAU

- « PETITE FILLE » : TU DÉTESTES QU'ON T'APPELLE COMME ÇA. VA VOIR À LA PAGE 95 SI TU NE LES AS PAS LOUPÉS !

2) TU TE RENDS, ESPÉRANT GAGNER DU TEMPS

- LA CAVALERIE EST PEUT-ÊTRE EN CHEMIN ? QUE DIT LA PAGE 82 ?

LA TOUR DE CONTRÔLE

Discrètement, tu te mets à suivre le militaire. À force, tu as compris le truc pour te déplacer en faisant le moins de bruit possible ! Le soldat entre dans la tour, probablement pour prendre l'escalier. Quant à toi, il serait bon de suivre un autre chemin, si tu ne veux pas qu'il te surprenne.

Tu remarques alors l'échelle faite de barreaux de fer qui monte jusqu'à la plate-forme principale de la tour. Voilà ta chance ! Il s'agit sûrement d'une issue de secours… Tu grimpes donc de barreau en barreau, de plus en plus haut… Surtout, ne pas regarder en bas ! Tu arrives enfin sur la plate-forme, sur laquelle tu te glisses. La porte principale est ouverte, te permettant d'observer l'intérieur de la cabine : il s'agit d'une petite salle dont les murs sont couverts d'écrans. On y voit toutes les pièces du laboratoire ! C'est une occasion unique ! Le soldat que tu as suivi est le seul présent dans la tour, c'est déjà ça… Mais de là où tu es, tu ne distingues pas grand-chose des écrans. Il faut que tu trouves le moyen de te rapprocher.

Le militaire observe les écrans de sécurité ; il te tourne le dos. Peut-être parviendras-tu à entrer sans te faire repérer. Tu tentes ta chance, en avançant à pas de loup. Malheureusement, malgré tes précautions, tu actionnes involontairement la fermeture de la porte. Cela alerte aussitôt le soldat qui se retourne vers toi. Prise au piège ! Tu n'as nulle part où aller et tu n'es pas armée. Que faire ? Le soldat te regarde d'un air niais, probablement à se demander ce qu'une adolescente fait là. Peut-être que tu peux en profiter… Veux-tu tenter le tout pour le tout et te ruer sur lui ? Préfères-tu te rendre pour gagner du temps ?

1) TU TE RUES SUR LE SOLDAT

- CRASH ! VA VOIR LES DÉGÂTS PAGE 42 !

2) TU TE RENDS POUR GAGNER DU TEMPS

- C'EST TOI LE BOSS. VA À LA PAGE 114

DES CIBLES PARFAITES

Tu t'arrêtes pour jeter un regard à ta mère, inquiète. Elle fait halte aussitôt, comprenant que quelque chose te tourmente.

Tu hésites à lui faire part de ta prémonition : si elle s'avère, des soldats sont certainement en patrouille dans la serre... Ne risques-tu pas d'être entendue ? Te fiant au silence environnant, tu décides tout de même de l'avertir. Ta mère prend très au sérieux ta vision : elle est bien placée pour connaître la puissance des pouvoirs extraterrestres.

— N'ignorons pas ces images, conclut-elle.

Ta mère désigne alors les tables d'expérimentation qui bordent d'immenses étagères remplies d'étranges bocaux.

— Faufilons-nous là-dessous... Cela prendra plus de temps, mais nous resterons à l'abri des regards.

Vous courez vers les établis scientifiques et vous glissez entre les pieds de tables. Vous vous mettez alors à ramper en vous faisant aussi petites que possible. Quelques mètres parcourus sans dommages, puis, en te redressant pour reprendre des forces, tu donnes un coup de coude involontaire dans l'établi qui te protège de la vue des possibles intrus. Tu t'immobilises, pétrifiée de peur. Tu ne peux t'empêcher de le dire :

— J'ai un mauvais pressentiment…

Ta mère observe les alentours : apparemment, tu n'as alerté personne. Mais alors que vous vous apprêtez à reprendre votre chemin, vous entendez des bruits de pas.

— C'est par là ! crie un soldat.

Très vite, deux militaires apparaissent de derrière les branchages. L'un d'eux déplace les tables, mais c'est inutile : le second vous a déjà repérées. Vous êtes cuites ! Vouloir à tout prix éviter ta prémonition l'a fait se réaliser ! Vous sortez à toute vitesse de sous les établis et vous mettez à courir dans le sens opposé aux soldats. Malheureusement, ces derniers ont déjà leurs armes braquées sur vous : tu sens la morsure d'une fléchette sur ta nuque, et la seconde suivante, tu t'effondres, inconsciente.

PAS DE CHANCE POUR CETTE FOIS !

MAIS TU PEUX REVENIR À LA PAGE 61
OU RECOMMENCER L'AVENTURE !

LE CHEVAL DE TROIE

Après ton intervention, les extraterrestres gardent quelques instants le silence. Chacun semble peser le pour et le contre. Gray, lui, est sûr de son plan : tous ensemble, vous serez imbattables. Et rien ne vaut une attaque par surprise ! Les Aliens finissent par se rallier à lui. Ils ont toujours pu compter sur Gray. Cette fois encore, il faut lui faire confiance. Mais ta déclaration courageuse n'est pas passée inaperçue : Gray te propose de participer à l'intervention, ce que tu ne manques pas d'accepter. Tu veux aider et, au fond de toi, tu espères surtout retrouver ton père.

Les plus jeunes restent au campement, gardés par les plus vieux. De loin, tu observes les extraterrestres se dire au revoir. Cela ressemble plutôt à des adieux. Vous êtes déterminés, pourtant vous savez aussi que cette attaque est risquée. Personne n'est sûr d'en revenir. Puis vous prenez enfin la route, empruntant des petits sentiers à travers les bois. Certains racontent des blagues pour détendre l'atmosphère, mais tu restes très concentrée. Il va falloir agir avec précision. Tu remarques que Gray ne cesse de triturer la fameuse clef volée, qu'il porte attachée à une chaîne autour du cou. Il semble nerveux, alors tu lui envoies un regard de soutien pour essayer de le rassurer. Ton ami te rend ton sourire tandis que vous arrivez à la lisière des bois, tout près du laboratoire.

Au poste-frontière de l'entrée principale entourée de barbelés, deux soldats discutent, nonchalants. Soudain, le regard du plus jeune est attiré par une silhouette massive, quelques dizaines de mètres plus loin : c'est vous, l'inoffensive armée d'Aliens. Vous avancez lentement, le visage baissé, prenant soin de marquer vos intentions pacifiques. Les militaires braquent immédiatement leurs armes sur vous. Alors que vous approchez, l'un d'eux vous prévient : le champ de force entourant le complexe est actif, inutile de tenter une attaque. Gray les rassure aussitôt : vous venez pour vous rendre. Les soldats, évidemment étonnés, restent sur la défensive. Le plus vieux saisit son talkie-walkie pour appeler des renforts. Bientôt, une dizaine de soldats vous entourent. Gray poursuit son explication :

— Nous ne pouvons plus vivre dans la peur constante d'être capturés. Nous préférons finir avec nos camarades que les abandonner.

Les militaires, toujours très vigilants, vous escortent à l'intérieur du laboratoire. Des menottes antipouvoirs vous y attendent déjà : vous êtes tous enchaînés en un rien de temps. Vous traversez alors le dédale de couloirs qui te rappelle de mauvais souvenirs jusqu'au sous-sol, où les militaires vous mènent aux cellules.

Vous y retrouvez d'autres Aliens, qui s'étonnent de votre présence. L'un des soldats explique au gardien du secteur la situation et lui demande de prévenir les Drs Moreau. Les deux hommes commencent ensuite à organiser votre répartition dans les geôles, alors que Gray observe le panneau de contrôle, juste à côté du gardien. Les soldats s'apprêtent à vous enfermer quand Gray arrache la clef suspendue à son cou et, d'un geste vif, l'insère dans le panneau de contrôle. Aussitôt, les portes des cellules s'ouvrent et la plupart des menottes se désactivent. Les soldats sont pris de court, tandis que les extraterrestres désormais libres d'utiliser leurs pouvoirs se mettent à les attaquer.

Cependant, le plan de Gray n'a qu'à moitié fonctionné : les menottes n'ont pas toutes été désactivées. Tu es toujours prisonnière. Dans le tumulte de la bataille qui fait rage, tu remarques une autre serrure, à côté de celle où Gray a inséré sa clef. Il suffirait sûrement d'y introduire la clef pour vous libérer, toi et tes camarades encore impuissants. Mais la clef de Gray n'est plus sur le panneau de contrôle, elle est tombée pendant les échauffourées. Certains de tes amis s'effondrent, abattus par les militaires. Ceux qui peuvent combattre sont trop peu nombreux pour prendre le dessus. Il faut absolument libérer les autres !

Entre les rafales de tirs, les éclairs et les flammes, tu peines à retrouver la clef tout en restant protégée… mais tu l'aperçois enfin, par terre, à quelques mètres. Sans plus réfléchir, tu bondis vers elle et te jettes au sol pour la récupérer, mais elle est balayée par le pied d'un soldat. Tu ne te démontes pas et tends le bras pour l'atteindre. Choisis une page.

1) TU CHOISIS LA PAGE 16
2) TU CHOISIS LA PAGE 244

LA FUITE DISCRÈTE DANS LA SERRE

Attaquer les soldats est certainement trop risqué… Vous êtes pleines de ressources, mais eux sont armés. Mieux vaut continuer d'explorer la serre en toute discrétion. Si vous êtes repérées, vous aviserez. Tu désignes d'un geste du menton le fond de la serre à ta mère : on ne distingue pas vraiment ce qui s'y trouve car les trop nombreuses plantes transgéniques font écran, mais vous y serez plus en sécurité qu'à quelques pas des gardes… Ta mère acquiesce : c'est parti !

Vous continuez votre chemin dans ce labyrinthe végétal, en essayant de ne pas vous laisser mordre par les plantes carnivores ou attraper par les lianes mouvantes… C'est un vrai parcours du combattant ! En plus, les soldats semblent suivre la même route que vous, ne cessant de vous talonner sans même le savoir. Tu es obligée de rester sur tes gardes en permanence… Bientôt, vous vous retrouvez bloquées par une plante grimpante qui s'étale sur tout un pan du mur jusqu'au sol. Vous ne pouvez pas y poser le pied sans faire de bruit. Et le craquement préviendrait immédiatement les soldats… que faire ?

Ta mère commence à revenir sur ses pas. Tu imites le mouvement : elle a raison, tant pis pour le temps perdu… il faut trouver un autre chemin. Mais, alors que tu te retournes, l'inéluctable se produit : tu écrases malencontreusement les feuilles mortes de la plante grimpante, éparpillées au sol. Tu t'immobilises, mais c'est trop tard : les soldats vous ont déjà repérées. Ils ouvrent le feu sans attendre.

PERDU !

REPARS PAGE 55, OU RECOMMENCE !

OUVRIR LA CAGE

Non, tu ne peux décemment pas abandonner la prisonnière à son sort. Alors que s'ouvre la porte de la cellule, tu te précipites vers le panneau de contrôle.

— Non ! ne peut s'empêcher de crier la captive.

Ta main actionne la manette d'ouverture au moment où deux soldats entrent dans la pièce. Tu as réussi ! La cage est déverrouillée, et les chaînes ligotant les jambes d'Axil sont détachées. Mais maintenant, il va falloir s'occuper des militaires.

Ces derniers t'ont immédiatement repérée, et ils approchent déjà à grands pas, déterminés à t'envoyer toi aussi en cellule. Heureusement, ils n'ont pas compris ta petite manigance, et sont complètement aveugles au fait qu'Axil est désormais bien libre. Les prenant par surprise, elle sort précipitamment de sa cage et frappe de toutes ses forces l'un des soldats : le coup de menottes qu'elle lui assène a raison de lui, il s'effondre aussitôt. L'autre militaire est plus combatif : il s'apprête à rendre coup pour coup à l'extraterrestre.

Tu te jettes sur lui et le repousses aussi fort que possible, mais cela ne suffit pas. Finalement, tu bondis vers lui et, le dos courbé, tu lui donnes un gros coup de tête dans le ventre. Axil hoche la tête d'admiration… À vous deux, vous leur avez bien réglé leur compte !

Mais il ne faudrait pas se réjouir trop vite : au moment de sa chute, le soldat que tu as attaqué a utilisé sa montre pour déclencher un signal d'alerte. Une alarme retentit dans la cellule. Pire : une lourde grille de fer commence à descendre du plafond, juste devant la sortie…

Fuir. C'est tout ce qui vous reste à faire. Fuir avant que la grille ne tombe, et ne referme avec elle tous vos espoirs de liberté.

Mais Axil, elle, semble préoccupée par tout autre chose : elle balaie la cellule du regard, comme si elle cherchait à retrouver un objet perdu.

— Que faites-vous ? t'étonnes-tu. Nous devons quitter cette pièce de toute urgence !

— La clef ! Où est la clef ? demande Axil plus pour elle-même.

Comme si elle se souvenait tout à coup de ta présence, l'extraterrestre t'explique :

— Je dois trouver la clef de mes menottes ! Je ne peux rien faire sans mes pouvoirs !

— Nous avons encore le temps de sortir… proposes-tu.

Mais Axil est déterminée.

— Tu ne comprends pas… Même si l'on parvient à sortir de cette salle, nous n'arriverons jamais à quitter le laboratoire si je suis menottée et impuissante !

La grille n'a que faire des ennuis d'Axil, et continue dangereusement sa descente… Veux-tu aider l'extraterrestre à chercher la clef, ou préfères-tu suivre ton instinct de survie et courir vers la sortie ?

1) SUIVRE TON INSTINCT DE SURVIE :
TU COURS VERS LA SORTIE
- ALLEZ, VITE, VA VOIR À LA PAGE 74 !

2) CHERCHER LA CLEF AVEC AXIL
- VOUS IREZ PLUS VITE À DEUX, NON ?
POUR T'EN ASSURER, VA À LA PAGE 240

LA POTION VISQUEUSE

Tu te saisis de la potion visqueuse et la lance sans tarder sur tes ennemis. Ces derniers ne s'attendaient de toute évidence pas à un tel geste, et reculent, surpris. La potion s'étale à une vitesse éclair sur leur visage et leur corps et, très vite, scientifiques et militaires se retrouvent presque immobilisés. Ils tentent comme ils peuvent de se décoller du sol ou de retirer cette substance de leurs bras, mais leurs gestes sont ralentis, maladroits, totalement inefficaces. Il n'y a pas une minute à perdre ! Vous en profitez pour filer de la serre.

Ton père vous mène au hangar des fourgons, pour subtiliser un véhicule. Vous réussissez heureusement à déjouer la vigilance des soldats que vous croisez sur votre chemin, et vous démarrez en trombe. Ta mère conduit jusqu'au cœur de la forêt, où vivent secrètement les Aliens réfugiés, ceux qui, par miracle ou par chance, ont réussi à échapper aux scientifiques malveillants. Le village d'extraterrestres est ravi de vous accueillir et, pour certains, qui la connaissaient, de retrouver Axil.

VICTOIRE !

BRAVO, TU AS RÉUSSI À SAUVER TES PARENTS EN DÉPIT DE TOUS LES DANGERS !

Tu peux maintenant profiter de tes parents. Tu remarques cependant qu'ils sont en train de se dire adieu. Si le passé leur a appris quelque chose, c'est qu'ils ne peuvent pas vivre ensemble : la vie des extraterrestres chez les humains est risquée, ta mère en a fait les frais plusieurs fois, et y retourner n'est plus une option. Quant à ton père, il veut désormais continuer ses recherches scientifiques de l'extérieur : il a le projet d'une technologie rendant les extraterrestres indétectables ! Il a ainsi l'espoir de sauver un jour tous les Aliens de l'emprise des Moreau… C'est donc à toi de choisir où tu veux vivre : avec ton père ou avec ta mère ? Avec les humains ou avec les Aliens ? Ta vie sera certainement différente, mais chacun de tes parents te protégera dans tous les cas…

1) TU PRÉFÈRES VIVRE AVEC TON PÈRE, CHEZ LES HUMAINS ?
IL T'ATTEND PAGE 295

2) OU DÉCOUVRIR LES ALIENS… ET TA MÈRE ?
VOUS AVEZ TELLEMENT DE TEMPS À RATTRAPER !
VA VOIR PAGE 297

RAISONNER LE DR MOREAU

Tu ne veux pas prendre le risque de perdre ton père en agissant sous le coup de la colère. Le Dr Frédérique Moreau est armée, tu ne l'es pas. Inutile de tenter le diable. Mieux vaut chercher à l'amadouer : elle est plus intelligente que les autres scientifiques, si elle n'a pas encore été capturée comme eux… Elle devrait vous laisser tranquille et partir tant qu'il est encore temps, non ? S'enfuir, quitter la ville, continuer sa route ailleurs. Ce n'est pas comme si tu avais intérêt à la poursuivre. Mais Moreau ne semble pas l'entendre de cette oreille :

— Hors de question de te laisser détruire l'œuvre de toute une vie ! aboie-t-elle. Toi et tes petits complices de pacotille feriez mieux de déguerpir sur-le-champ ! Crois-moi, j'ai plus de ressourccs que tu ne le crois ! Ce laboratoire est plein de pièges ! Je peux tous vous anéantir en un claquement de doigts ! se moque-t-elle encore.

Tu ne perds pas espoir et, en signe de soumission, tu lèves les bras en l'air. Tu tiens à prouver que tu ne lui veux aucun mal… en tout cas dans l'immédiat.

— Voyons, Docteur ! Le lieu est cerné, vous le savez comme moi ! Tous vos prisonniers auront été libérés, à l'heure qu'il est. Laissez-nous partir, nous aussi, implores-tu. Pourquoi nous retenir ? Qu'avez-vous à y gagner ?

Tes arguments ne font qu'agacer davantage le Dr Moreau, qui se fait de plus en plus menaçante : elle raffermit sa prise sur ton père, enfonçant encore son revolver dans ses côtes, allant jusqu'à le faire grimacer de douleur.

À cette vue, la rage que tu tentais jusqu'alors de canaliser ne peut que ressurgir de plus belle. Tu ne te maîtrises plus : tes yeux se mettent à briller, de plus en plus fort. Tu ne te connaissais pas une telle puissance ! Ta colère se déchaîne, et tes yeux semblent prendre feu… Leur éclat s'intensifie au point d'aveugler ton ennemie ! Tu en profites pour te ruer sur elle. Agrippant les bras de ton père, tu l'attires vivement vers toi, tout en repoussant violemment la scientifique en arrière. Cette dernière, déséquilibrée, s'écrase contre la verrière, qui éclate sous le choc : le Dr Moreau bascule dans le vide.

ET ENSUITE ?

VA À LA PAGE 299 POUR LE DÉCOUVRIR

TEL EST PRIS…

Un soldat s'approche de toi.

— Baisse-toi ! hurle une voix dans ton dos.

Tu t'accroupis. Un projectile passe juste au-dessus de ta tête et atteint le soldat en plein dans le ventre. Tu te retournes et souris à une jeune femme d'une vingtaine d'années aux yeux lumineux. Elle hoche la tête et te tend une barre de métal.

Tu avances entre les combattants, ouvrant le chemin en donnant des coups aux militaires. Peu à peu, les bruits de lutte diminuent, les détonations des fusils tranquillisants se raréfient. Mais tu ne t'en rends pas vraiment compte, tu as un objectif : les Moreau. Ceux-ci essaient de s'enfuir. Ils ne te voient pas arriver. Tu assènes un violent coup dans les jambes des scientifiqucs, qui tombent au sol. Tu te portes au-dessus d'eux, menaçante.

— Où sont mes parents ?

Ta voix est ferme. Tu ne te pensais pas capable d'une telle autorité. Les Moreau regardent autour d'eux, affolés. Tu répètes plus fort :

— Où sont-ils ?

— Tes… Luc est là, avec les autres, bredouille Anton.

En effet, ton père arrive derrière toi et pose une main sur ton épaule. Tu te calmes et sautes dans ses bras. Tu l'as enfin retrouvé ! Mais, et ta mère ? Serait-il possible qu'elle soit encore en vie ? Le cœur battant et l'air menaçant, vous vous tournez, ton père et toi, vers les Moreau. Tu n'as même pas besoin de poser la question que déjà Frédérique te répond :

— Il y a une cellule à part dans l'aile nord. C'est là que tu la trouveras.

Toute la troupe de prisonniers se rue vers l'aile nord. Vous êtes une horde poussant des cris de joie. Une fois arrivés, tes camarades vont libérer la dernière prisonnière. Elle sort de sa cellule, dégage les longs cheveux violets qui lui barrent le visage. C'est vrai que tu lui ressembles, beaucoup. Vous vous tombez dans les bras, aussitôt rejointes par ton père. Il vous embrasse toutes les deux.

— C'est bon de te retrouver… Axil.

VICTOIRE !

SIX PIEDS SOUS TERRE

Tu te diriges vers le sous-sol. Tu empruntes l'escalier de secours : il est sombre et de plus en plus étroit à mesure que tu descends.

Tu entends des bruits forts sans parvenir à les identifier. Prudente, tu ralentis. Il commence à faire très chaud. La lumière qui provient d'en dessous projette des ombres tordues sur le mur : des ombres géantes prises dans un ballet mécanique de mouvements répétitifs.

En bas, tu arrives dans une salle immense et très chaude. La hauteur sous plafond est incroyable, à tel point que tu te demandes si tu es bien sous terre et non dans un immense hangar. Un nombre incalculable de prisonniers aux yeux lumineux se tue à la tâche. Semblables à des mineurs, ils extraient une substance étrange du sol, au milieu de la pièce. Cela ressemble à un minerai ou à un métal à moitié en fusion et émet une lueur verte.

En haut, depuis une plate-forme, un homme les observe. À tes yeux, il est complètement fou. Dès que l'un d'eux faiblit, l'homme, muni d'une arme étrange, leur envoie des décharges électriques, des flammes, etc. Quelle horreur !

Tu regardes autour de toi : à ta droite, un petit groupe de prisonniers est occupé à trier les morceaux de substance. À ta gauche, bien plus loin, un autre groupe, menotté, est escorté par des hommes armés dans une tenue de protection, peut-être vers des cellules où pourrait se trouver ton père. Que choisis-tu ?

1) TU TE FAUFILES POUR INTERROGER LES TRAVAILLEURS

- PEUT-ÊTRE GLANERAS-TU QUELQUES INFORMATIONS PAGE 199

2) TU SUIS DISCRÈTEMENT LES MILITAIRES

- TE FAIS-TU REPÉRER ? VA VOIR PAGE 220

AU PANNEAU DE CONTRÔLE

Tu te diriges vers le panneau de contrôle dans l'espoir de libérer les Aliens, sur la pointe des pieds.

Le Dr Crazy rôde, à l'affût du moindre signe de relâchement chez ses esclaves. Tu trébuches, le bruit de tes pas sur la plate-forme alerte le Dr Crazy, qui se méfie et envoie des militaires voir ce qui se passe. Tu assistes à la scène de loin et te baisses pour qu'ils ne t'aperçoivent pas. Sous tes pieds, le sol tremble au rythme du pas cadencé des militaires qui s'approchent de plus en plus de toi.

Tu es près du panneau, mais les soldats sont presque là.

Soudain, tu as une vision : ton père court vers toi. Il semble aller bien. Il te serre si fort dans ses bras que tu as du mal à respirer. Tu feras tout pour que cette prophétie se réalise !

Veux-tu tout de même tenter d'atteindre le panneau, ou sautes-tu de la plate-forme ?

1) TU SAUTES DE LA PLATE-FORME

- TU PRENDS TON ÉLAN PAGE 86

2) TU ESSAIES D'ATTEINDRE LE PANNEAU DE CONTRÔLE

- UN PETIT PAS POUR TOI, UN GRAND PAS POUR LES ALIENS ? UN PEU DE LECTURE T'ATTEND PAGE 144

SAUVER TA MÈRE AVANT TOUT

Si ta mère est en vie et succombe à ses blessures parce que tu as privilégié ta propre sécurité, tu ne te le pardonneras jamais ! Alors, malgré les avertissements de Ryan, tu pousses la porte de sa cellule. Un cri retentit dans l'oreillette : le soldat essaie une dernière fois de te dissuader de franchir le seuil de la prison. Énervée, tu retires ton oreillette, et avances vers cette femme qui ressemble tellement à ta mère, celle de tes souvenirs.

Cette dernière, amaigrie, affaiblie, est allongée au sol, enchaînée à sa chaise qui est tombée avec elle. Elle semble se débattre, ne cessant de bouger vivement la tête. Finalement, elle atteint son but : son bâillon se détache.

— C'est un piège ! crie-t-elle, désespérée.

Malheureusement, tu es déjà trop engagée. Tu t'arrêtes net, mais ton pied touche un rayon laser invisible. Une alarme retentit, et la salle plonge dans le noir. Une ampoule rouge s'allume. Tu tournes la tête vers ta mère, mais tes yeux ne rencontrent que sa détresse. Tu sens la piqûre d'une fléchette anesthésiante… Tu tombes aussitôt inconsciente.

PERDU !

C'EST DUR, ON SAIT.
MAIS TU PEUX TOUJOURS RETOURNER PAGE 39 !

SAUVER TON PÈRE, ENTRER DANS LE LABO

Il va falloir trouver une entrée… Par chance, le bâtiment est immense : il doit y avoir plusieurs accès. Cependant, les barbelés entourant le complexe ne vont pas te faciliter la tâche. Tu décides de faire le tour, longeant la clôture afin de mieux te repérer. Tu prends garde à faire le moins de bruit possible et à éviter d'être visible, marchant le dos courbé. Ce n'est pas très agréable mais, au moins, tu te fonds plus facilement dans le décor. Il ne faut pas oublier que des militaires sont très certainement déjà à ta recherche !

Après de longues minutes, tu commences à perdre un peu espoir. Pourtant, la chance est de ton côté : tu remarques une petite brèche dans les barbelés, si bien dissimulée dans les herbes hautes que tu as failli la manquer. Tu l'observes quelques instants ; il te semble que tu aurais pile la place de t'y glisser. Tu t'aplatis sur le sol un peu humide et rampes. Attention à ne pas te blesser… Ouf ! Tu es passée !

Tu es désormais cachée, occupée à te frayer un chemin en direction du laboratoire. En route, tu croises régulièrement des insectes particulièrement rebutants, plus gros que ceux que l'on voit d'habitude et, surtout, difformes : certains ont plus de six pattes, d'autres ont la carapace multicolore… Tu ne sais pas ce qui se trame ici, mais tout cela te paraît très curieux.

Plusieurs fois, quand une de ces bestioles vient grimper sur tes jambes ou s'accroche à tes cheveux, tu dois te retenir pour ne pas crier. Ce serait dommage de se faire repérer pour si peu… Or tu es plus que déterminée à retrouver ton père, et il est trop tard pour faire demi-tour. Mais si la plupart des bêtes restent indifférentes à ta présence, un oisillon aux yeux multiples, particulièrement effrayant, se met à te suivre, sautillant d'herbe en herbe en pépiant, copiant ta trajectoire. Tu essaies de le chasser en silence, sans succès. Il ne manquerait plus qu'il te fasse repérer ! Tu te rappelles que certains oiseaux se taisent quand ils sont plongés dans le noir. Prenant ton courage à deux mains malgré ton dégoût pour cet animal monstrueux, tu le saisis et le glisses dans la poche de ta veste… Par chance, cela suffit à lui clouer le bec. Il te suffira de le libérer plus tard.

Tu arrives enfin à proximité d'une entrée du bâtiment. Elle est à seulement quelques pas. Comme il serait simple de se lever et d'y courir ! Mais tu sais bien que ce n'est pas si évident. D'ailleurs, la porte est certainement fermée à clef. Au moment même où cette pensée traverse ton esprit, la porte s'ouvre. Deux adultes en blouse blanche – des scientifiques ? – la franchissent et font quelques pas dans l'herbe non loin de là, discutant autour d'un café. Ces scientifiques se comportent comme tes profs pendant la pause, sirotant tranquillement leur boisson d'un air tout à fait insouciant. C'est peut-être là ta chance…

Sans réfléchir, tu récupères le petit oiseau dans ta poche et le projettes en direction des adultes. La diversion espérée fonctionne : l'oisillon déboussolé abat ses plumes dans les cheveux de l'un des scientifiques, cherchant maladroitement à reprendre le contrôle de ses ailes. Et voilà l'autre scientifique qui tente vainement d'aider son collègue à se débarrasser du volatile, dans une saynète burlesque qui te ferait presque rire si tu n'étais pas si concentrée. N'hésitant plus, tu te lances et cours vers l'entrée en profitant de la confusion, puis tu claques la porte de manière à la verrouiller derrière toi.

Le laboratoire est aussi grand qu'il en avait l'air de dehors : de nombreux étages, de nombreux couloirs… Où aller ? Tu préfères en tout cas ne pas rester dans le hall, à la vue de tous. Le plus simple serait d'emprunter le couloir le plus proche, mais il y en a deux…

1) TU PRENDS LE COULOIR DE GAUCHE

- EN ROUTE POUR LA PAGE 276

2) TU PRENDS LE COULOIR DE DROITE

- LA SUITE ? PAGE 189

TU REFUSES L'AIDE D'ANTON

Tu refuses poliment l'aide d'Anton. Nora acquiesce, elle semble soulagée. Mais son père insiste :

— Voyons, c'est ridicule. Regarde dans quel état est ton père. Il faut l'emmener à l'hôpital.

— Justement, j'ai déjà appelé les secours, une ambulance devrait arriver d'une minute à l'autre. Pas la peine de vous déranger.

Tu improvises, espérant qu'il ne va pas trop insister.

— Comment as-tu pu appeler l'ambulance sans vos portables ?

Vos portables ? Comment sait-il que vous avez laissé vos portables dans la voiture ?

Nora se tend sur son siège. Tu t'approches de ton père et prends son bras pour vous éloigner. Tu jettes des coups d'œil inquiets à la voiture qui vous suit lentement.

Nora ouvre sa fenêtre et te crie : « COURS ! »

Ton père et toi vous enfuyez tant bien que mal. Mais Anton a déjà appelé la cavalerie.

Deux 4 × 4 vous coupent le chemin. Des militaires en sortent à une vitesse folle. Ils embarquent ton père dans l'un des véhicules et te font monter de force dans l'autre. Tu cries, te débats.

La porte de la voiture claque. Pendant longtemps, c'est le noir. Personne ne répond aux coups que tu donnes contre les parois.

La voiture ralentit, puis s'arrête. La porte s'ouvre, et tu découvres un garage géant, à l'intérieur du laboratoire. L'autre 4 × 4 est déjà garé, vide. Tu ne sais pas où est ton père.

Tu es conduite dans une petite salle où Anton t'attend.

— Ne bouge pas, t'ordonne Anton. Tout ce qu'on t'a dit sur ta mère est faux. Tu vas bientôt tout comprendre. J'ai quelqu'un à te présenter.

Anton quitte la pièce. Tu es seule.

Tu regardes autour de toi. La pièce est vide, sombre. Tu en détailles chaque recoin, espérant trouver une issue.

Tu remarques un conduit d'aération légèrement en hauteur. Il est petit, mais tu dois tout juste pouvoir t'y faufiler. Seulement, il faut agir vite : tu risques de faire du bruit en grimpant, et d'alerter quelqu'un.

Tu hésites : Anton t'a dit qu'il allait te révéler des choses sur ta mère. Le jeu en vaut-il la chandelle ?

1) TU GRIMPES DANS LE CONDUIT

– AVEC UN PEU DE CHANCE, TU NE TOMBERAS PAS SUR UNE BESTIOLE BIZARRE… VA VOIR PAGE 242

2) TU ATTENDS LES RÉVÉLATIONS D'ANTON

– ON OUVRE GRAND LES OREILLES PAGE 12

DIVERTIR CERBÈRE

Avancer jusqu'à la porte les yeux fermés… Tu n'y crois pas trop. Il ne manquerait plus que tu fonces tout droit sur l'ennemi. Qui approche dangereusement, d'ailleurs ! Vite, une diversion : tu retires ta veste et la catapultes à l'autre bout du couloir. La bête a la réaction espérée, elle se lance sans attendre à la poursuite inutile de ton manteau. Tu traverses à ton tour le couloir en courant, mais dans la direction de la porte. Le chien a, lui, déjà atteint l'objet du leurre : il renifle, insatisfait, l'odeur de ta veste et, de son autre tête, se tourne vers toi. Le voilà déjà qui fait demi-tour et se rue lui aussi vers la porte. Tu inclines enfin la poignée et, juste avant que le chien ne t'ait rattrapée, tu quittes le couloir et refermes brusquement la porte. Le monstre tente sa chance et bondit… pour s'écraser contre la vitre qui vous sépare. Tu le vois glisser et s'effondrer. Cependant, il n'a pas dit son dernier mot. Se relevant aussitôt, il se met à gratter la porte de ses griffes, aboyant férocement sans te quitter tes yeux… Des cris qui te glacent l'échine. Tu prends soin de verrouiller la porte : on n'est jamais trop prudent. Vu la fureur du chien, tu ne t'étonnerais pas qu'il parvienne à franchir le seuil…

Abandonnant la bête à sa colère, tu te retournes et aperçois un panneau fixé au mur, comme ceux des hôpitaux : « Département des cellules de haute sécurité ». Quelle chance ! Tu t'approches enfin du bon endroit… Mais il va falloir te dépêcher : les aboiements du chien risquent d'alerter les militaires…

FILE À LA PAGE 66

SUIVRE LE GROUPE

Tant pis pour l'arme extraterrestre : il vaut mieux rester groupés. Tu te précipites pour rejoindre tes camarades avant de les perdre de vue. Toujours guidés par Gray, vous arrivez bientôt dans un nouveau souterrain. Très étroit et mal éclairé, il ne t'inspire rien de bon… Au détour d'un autre couloir, vous tombez sur une petite pièce de laquelle émanent des plaintes. Vous tentez de vous faire petits pour analyser la situation avant d'attaquer.

Vous observez alors de nombreux extraterrestres, enchaînés les uns aux autres, à même le sol. Parmi eux : ton père. Vite, il faut agir ! Les prisonniers portent les stigmates de terribles tortures. Ils ne tiendront plus très longtemps. Après un signe de tête de Gray, vous déboulez dans la salle, et n'attendez pas plus pour attaquer. Grâce aux pouvoirs de tes amis et aux armes des soldats récupérées dans les cellules, vous prenez vite le dessus sur les quelques militaires présents. Mais alors que vous vous apprêtez à délivrer les extraterrestres, les Drs Anton et Frédérique Moreau débarquent, entourés d'une véritable armée. Les scientifiques sont équipés de gilets pare-balles et d'une armure conçue pour résister aux pouvoirs aliens. Vous ne pouvez rien contre eux ! Armés de fusils hypersoniques, vos ennemis immédiatement la balance.

— C'était un jeu d'enfant ! se moque Anton Moreau tandis que les militaires vous menottent.

Tes efforts pour leur résister sont vains : vous avez perdu la bataille.

AÏE, CARAMBA ! ENCORE RATÉ !

DÉÇU ? RETOURNE À LA CASE DÉPART…
OU À LA PAGE 16 SI TU PRÉFÈRES !

GRAY T'APPORTE SON AIDE

— Je vous fais confiance, je n'ai pas le choix... Mais je ne peux pas fuir ! Mon père est sûrement retenu ici, quelque part... Je dois absolument le libérer !

Gray hésite : tout cela lui paraît très risqué.

— Nous allons être découverts ! Sais-tu au moins où il est emprisonné ?

Tu es bien obligée d'admettre que non, et remarques que l'extraterrestre est d'autant moins convaincu. Seulement, tu ne pourras pas y arriver seule.

— Vous connaissez mieux cet endroit que moi ! Je suis certaine qu'à deux, nous y parviendrons... S'il vous plaît, Gray, vous êtes mon seul espoir !

Apparemment, ton nouvel ami n'est pas insensible à ta détresse. Il hésite une seconde, avant de t'adresser un sourire un peu anxieux. Bien joué ! Tu as réussi à l'atteindre.

— Tu es sacrément courageuse, te félicite Gray. Certainement plus que moi !

Tu lui souris.

— Par ici.

Il est temps de s'y mettre. Régulièrement, des bruits de pas te font sursauter : vous pouvez croiser des soldats à tout moment…

— Bon, te rassure Gray en marchant, je connais peut-être le moyen de localiser ton père dans ce fichu labyrinthe. Il faut qu'on arrive à se rendre à la tour de contrôle du complexe. Des écrans surveillent l'ensemble des pièces de ce bâtiment. Avec un peu de chance, nous pourrons y repérer ton père.

— Parfait ! Mais comment y arriver ?

Gray te propose de t'y accompagner en te faisant passer pour sa prisonnière. De cette façon, vous n'aurez pas besoin de vous cacher des militaires et des scientifiques. Cela te semble être une bonne idée.

Après quelques rencontres angoissantes mais finalement sans conséquence avec des soldats, vous approchez enfin de la sortie du laboratoire. Tu maintiens fermement tes mains derrière ton dos, comme si tu portais des menottes. Gray, lui, prend l'air sûr de lui, pour ne pas éveiller les soupçons. Plus que quelques pas…

— Tiens, mais c'est Gray ! se moque une voix dans votre dos.

Tu te retournes. Devant toi, trois militaires menés par leur chef, qui reprend de plus belle :

— Je vois que tu as fait une nouvelle prisonnière ! Dis donc, elle est très jeune ! Ça a dû être très difficile de la capturer !

La troupe se met à rire grassement. Gray reste stoïque.

— En plus d'être un traître, tu es un vrai lâche ! renchérit le chef des soldats.

Gray ne répond toujours pas à la provocation, ce qui semble étonner le militaire.

— Dis donc, je te parle, tu ne m'entends pas ?

Cette fois, il est clairement énervé, comme si le silence de Gray était une insulte.

— D'ailleurs, où est-ce que tu l'emmènes ?

Catastrophe. Les soldats sont maintenant suspicieux ! Tu regardes Gray, paniquée, mais tu vois bien qu'il ne sait pas quelle excuse inventer. C'en est assez pour les militaires, qui commencent à pointer leurs armes sur vous.

— On ne bouge plus, Gray !

Aussitôt, l'extraterrestre lève les deux bras, face aux soldats, faisant voltiger leurs armes grâce à son pouvoir de télékinésie. Mais cela lui coûte. Les militaires tentent de se jeter sur vous. Heureusement, Gray continue de les repousser, créant une barrière de force invisible entre vos attaquants et vous. Malheureusement, il ne tiendra plus très longtemps…

— Fuis ! te crie Gray. Je reste ici !

Tu hésites. Dois-tu laisser Gray se sacrifier pour toi ?

— Dépêche-toi, je ne tiendrai pas éternellement ! Sors, la tour de contrôle est juste en face !

Tu acquiesces et le remercies d'un regard ému. Puis tu files vers la sortie.

Dehors, tu repères tout de suite la fameuse tour de contrôle, qui dépasse tous les bâtiments du complexe.

Sur son toit, une grande antenne tourne sur elle-même. Comment atteindre le haut de la tour ? Tu remarques un soldat qui se dirige justement vers elle.

⇦ TU LE SUIS ? VA À LA PAGE 171

LES DOUVES

Cette vision ne te dit rien qui vaille… Tu ferais bien de la prendre au sérieux et de ne pas tenter le diable. Il faudra trouver une autre manière de venir en aide à ton père : tu renonces à suivre le soldat dans la tour de contrôle. Mais si tu veux quitter ce fichu laboratoire, il faut encore trouver la sortie. Tu observes les barbelés qui entourent le complexe. Ils ne vont pas te faciliter la tâche. Peut-être qu'en rejoignant le hangar à fourgons, tu pourrais te glisser dans un véhicule et sortir de là en trombe ? Même si tu n'es pas certaine de maîtriser la camionnette, tu devrais t'en sortir jusqu'au barrage… Ensuite, tu pourras toujours fuir à pied dans les bois.

Le hangar n'est pas si loin, mais trop de soldats patrouillent dans les environs pour que tu puisses y accéder sans te faire repérer. Autour du laboratoire s'écoulent des eaux marécageuses : un affluent qui se jette plus loin dans la rivière. Les scientifiques y déversent manifestement toutes sortes de produits chimiques… L'eau est quasi fluorescente et, par endroits, dégage même des traînées de fumée.

Pour autant, ces douves représentent ta chance de parcourir les quelques mètres qui te séparent du hangar sans être remarquée. Tu descends donc la pente et prends le chemin du garage en faisant quand même très attention à ne pas trop t'approcher des marécages.

Tu es presque arrivée au but… Il n'y a plus qu'à remonter et à te jeter dans le hangar. Il va falloir être rapide. Tu t'accroches aux racines qui dépassent de la terre pour grimper la pente plus aisément mais, dans ta précipitation à atteindre les hautes herbes, tu butes sur un petit rocher et perds l'équilibre. Tu dévales le talus sans parvenir à t'agripper à quoi que ce soit et finis le bec dans l'eau… radioactive.

BIEN ESSAYÉ, MAIS C'EST RATÉ !

N'HÉSITE PAS À RECOMMENCER L'AVENTURE,
OU À REVENIR PAGE 93 !

DISSIMULATION

Gray et toi échangez un regard paniqué : ce sont les soldats, c'est sûr ! Ils vous ont rattrapés ! Impossible de remonter. Votre seul espoir ? Vous cacher. Tu regardes autour de toi. Le trou est très large, mais plein de végétation. Avec un peu de chance, cela pourra sûrement vous couvrir. Tu désignes à Gray les branches qui jonchent le sol, lui communiquant ton idée en silence. Vite, vous vous dissimulez sous les feuillages. *Ne pas faire de bruit.* Tu te recroquevilles, la tête penchée vers la poitrine, les bras entourant et serrant fortement tes genoux. Les pas se rapprochent encore davantage. Tu sens bientôt une ombre obscurcir votre cachette ; tu n'oses pas bouger. Puis… des voix.

— Ils n'ont pas l'air d'être dans les parages… commente un soldat.

— Non, mais quelqu'un a bien dû tomber dans ce trou, répond un autre.

— Un animal, sûrement, réplique son camarade. Les extraterrestres l'auront fait sortir… Ils construisent ces saletés de pièges partout dans la forêt pour nous garder à distance.

Tu entends à nouveau des pas mais, cette fois, ils semblent s'éloigner. L'ombre demeure cependant, comme si quelqu'un était toujours là, à vous observer. Mécaniquement, tu te recroquevilles davantage. L'ombre disparaît enfin. Tu attends quelques secondes, puis tu ouvres les yeux, pour vérifier que la voie est libre. Malheureusement, un militaire est toujours là, de l'autre côté, à sonder le fond du trou. La panique s'empare de toi. Aussitôt, tes yeux lumineux te trahissent. En les apercevant, le militaire est lui-même pris de frayeur : il appuie sur la détente.

ÉCHEC ET MAT !

RECOMMENCE DEPUIS LE DÉPART,
OU RETOURNE SUR TES PAS
- PAGE 159 !

AU GÉNÉRATEUR

Le pistolet sera plus facile à dissimuler aux yeux de ton père. Tu le glisses dans ta poche rapidement avant de rejoindre le couloir. Cacher ta conduite à ton père, tu as l'habitude ! Mais cette fois, c'est pour la bonne cause… Après ton ami Gray, c'est à ton tour de servir de guide jusqu'à la salle du générateur. Revenant sur tes pas, tu la retrouves facilement, et désignes le tableau de contrôle à ton père.

— Il faut débrancher le fil bleu, expliques-tu, répétant les paroles de Gray.

Ton père commence à soulever le panneau protégeant les câbles quand le Dr Anton Moreau surgit dans votre dos. Le scientifique est armé, prêt à vous arrêter.

— On ne bouge plus, Luc ! crie-t-il alors que ton père est à deux doigts d'arracher le fil bleu.

Ton père et toi vous immobilisez, attendant les instructions du savant fou.

— Reculez, tous les deux. Allez, éloignez-vous du générateur sur-le-champ !

Vous vous exécutez, les mains en l'air. Satisfait, le scientifique s'approche du générateur auquel il fait dos, barrière entre vous et la libération de vos amis. Alors qu'il s'apprête à vous donner un nouvel ordre, n'y tenant plus, tu sors ton revolver, que tu pointes en direction de Moreau. Ton père n'en croit pas ses yeux : qu'est-ce que sa fille de quatorze ans fabrique avec une arme à feu ? Anton est, quant à lui, hilare :

— Ma pauvre amie ! Ce n'est pas un jouet ! Tu ne sais pas t'en servir… À cette distance, crois-tu vraiment pouvoir m'atteindre ? raille-t-il.

Mais tu es concentrée sur tout autre chose : tu hésites un instant seulement puis, en un clin d'œil, tu diriges ta main vers le générateur et fais feu. Le panneau de contrôle explose dans le dos d'Anton, désactivant aussitôt le champ de force. Profitant de la surprise du scientifique, ton père se jette sur lui et l'assomme d'un coup de béquille. À chacun son arme ! En tout cas, ces satanés savants fous ne feront plus de mal. Tu te jettes dans les bras de ton père, heureuse et soulagée.

Tes retrouvailles avec ton père sont de courte durée. Il faut encore sortir de la salle du générateur et vous assurer que la partie est bien gagnée. Vous croisez dans le souterrain de nombreux extraterrestres : certains viennent délivrer leurs amis, d'autres ont déjà été sauvés. Vous remontez les étages du laboratoire : vous devriez bien y dégotter de quoi soigner ton père. Ensuite, direction les bois pour fêter la victoire !

VA À LA PAGE 299

LE FIL BLEU OU LE FIL ROUGE ?

S'il y a bien une chose dont tu es sûre, c'est que Ryan ne sait pas jouer la comédie. Il en a fourni la preuve face à son supérieur il y a à peine quelques minutes… Tu voudrais éviter de lui donner l'occasion d'illustrer à nouveau son talent, et préfères oublier l'idée de jouer la prisonnière. (Toi, tu t'en serais très bien sortie, bien entendu.)

Mieux vaut tenter de désactiver l'alarme. Tu parviens à convaincre Ryan. Ce dernier te guide alors à travers le laboratoire jusqu'à la salle de contrôle. Cette fois, vous restez vigilants malgré votre empressement. Des dizaines de militaires à votre recherche continuent de fouler les couloirs. À tout moment, vous risquez d'être repérés. Vous arrivez finalement devant la fameuse pièce. Ryan t'explique : à l'intérieur, un tableau de contrôle permet d'activer et de désactiver toutes les alarmes du bâtiment. Malheureusement, il n'en a jamais eu la charge et ne sait pas quel est le bon bouton. Il ne voudrait pas se tromper et activer sans le vouloir de nouveaux pièges…

Il doit bien y avoir un garde à l'intérieur : tu proposes de le menacer pour qu'il désactive lui-même l'alarme. Après tout, Ryan est armé. Autant que cela vous serve. Vous vous accordez sur ce plan, en espérant qu'il n'y ait qu'un soldat à mettre en joue et, surtout, qu'il ne se moque pas de vous.

Cette petite discussion vous a retardés. Alors que vous vous apprêtez à pousser la porte, une horde de chiens de sécurité à deux têtes bondit vers vous ! Ryan te dit de ne surtout pas bouger : ces bêtes féroces sentent la peur. Les chiens se mettent à tourner autour de vous, menaçants. N'y tenant plus, tu te précipites vers la porte de la salle de sécurité. Mais les chiens sont bien plus rapides et se jettent sur toi, la gueule béante et l'œil en feu.

PERDU !

MAIS TU PEUX RÉESSAYER À LA PAGE 274…
OU BIEN À LA PAGE 26 ?

LA CURIOSITÉ EST UN VILAIN DÉFAUT

Tu traverses la foule des combattants et parviens à la porte de la salle. Au moment de quitter la pièce, tu constates avec bonheur que les Aliens sont en train de prendre le dessus. Avec le temps, ils ont été de plus en plus nombreux à remplir la prison, plus nombreux que les soldats assurant la sécurité du laboratoire, semble-t-il.

Tu cours dans les couloirs, ouvres toutes les portes que tu croises. Personne.

Soudain, tu entends un bruit. Des militaires débouchent dans le couloir. Tu avises une salle d'examen et cours vers la porte pour t'y cacher. Avec le stress, tes yeux s'illuminent de plus en plus, au point que tu finis par attirer l'attention des soldats.

Dans la panique, les soldats tirent à vue. Une forte douleur à l'épaule. Tu t'effondres.

GAME OVER

ON T'AVAIT PRÉVENU(E), NON ?
RETOURNE AU DÉPART, OU BIEN À LA PAGE 32 !

LA PAROLE EST D'ARGENT

Le fardeau est trop lourd à porter. Si les docteurs se doutent de quelque chose, ils pourront peut-être t'aider. Tu décides donc de tout leur raconter.

— C'est vrai… Depuis quelque temps, mes yeux deviennent fluorescents par moments… Je ne le contrôle pas. Je dois mettre des lunettes de soleil certains jours, de peur que ça se voie. Et j'ai… des visions. Elles me terrorisent, je ne sais pas s'il s'agit du passé, du futur ou juste de mon imagination.

Les deux scientifiques se regardent, l'air entendu.

— Très bien, dit Anton. Nous allons devoir effectuer un certain nombre de tests afin de t'aider à maîtriser ton pouvoir. Rien de très douloureux, ne t'inquiète pas.

— Il n'en est pas question ! hurle ton père. Pas elle !

Ton père se lève et te prend par le bras. Il te traîne derrière lui.

— Nous partons, Cassandre ! Maintenant !

Tu ne comprends pas bien ce qui se passe. Ton père ouvre la porte. Trois militaires lourdement armés apparaissent. Deux d'entre eux vous séparent et emmènent ton père qui se débat dans le couloir. Le troisième te repousse du canon de son arme vers l'intérieur de la pièce.

Anton Moreau se lève et referme la porte. D'un geste, il fait signe au militaire de sortir, avant de t'intimer de te rasseoir.

Tu es seule avec les deux scientifiques, et la panique n'en finit pas de monter.

— Mais qu'est-ce qui se passe ? Où est papa ? Qu'est-ce que vous me voulez ?

Les Drs Moreau tentent de te rassurer :

— Il fallait calmer ton père, car ces tests sont nécessaires. Nous allons les faire maintenant. Tout ira très bien.

Anton t'emmène dans une autre salle pour effectuer l'examen. Il te fait asseoir et t'ordonne de rester tranquille. Tu commences à paniquer. Qu'est-ce qu'il va te faire ? Deux portes derrière toi permettent de quitter la pièce. Anton se retourne vers toi avec une énorme seringue.

Tu te lèves d'un bond et fais tomber Anton. Tu en profites pour t'enfuir, mais par où ?

1) VITE ! LA PORTE DE GAUCHE !

VA À LA PAGE 106

2) TU PRÉFÈRES LA PORTE DE DROITE ?

RENDS-TOI À LA PAGE 19

EN FILATURE

Tapie dans l'ombre, tu suis discrètement les militaires escortant le petit groupe de prisonniers enchaînés. Tu restes à bonne distance pour ne pas te faire repérer, mais les gardes ne semblent pas faire particulièrement attention. Peu de gens doivent descendre ici… Ou alors, te dis-tu avec un frisson, ils y restent à tous les coups.

Les prisonniers prennent un petit couloir et arrivent dans une salle des machines où sont entreposés des pelleteuses et autres véhicules de chantier. Les militaires aboient des ordres aux prisonniers et les répartissent sur les machines.

— Au travail !

Les prisonniers démarrent les véhicules et s'apprêtent à faire demi-tour pour revenir au chantier principal.

Tu es révoltée par tout ce dont tu as été témoin ici, et pourtant, tu es préoccupée. Pas la moindre prison en vue, et surtout aucune trace de ton père ! Serais-tu descendue dans cet enfer pour rien ?

Les militaires commencent à repartir. C'est là que tu aperçois, à l'endroit même où ils se trouvaient, un couloir menant vers d'autres salles. Les prisonniers finissent leur demi-tour. Tu as peu de temps pour décider. Que veux-tu faire ?

1) TU EMPRUNTES LE COULOIR

– VA VITE VOIR LE SORT QUE TE RÉSERVE LA PAGE 131 !

2) TU TE GLISSES DISCRÈTEMENT DANS L'UN DES VÉHICULES

– TE MÈNE-T-IL VERS LA SORTIE ? VÉRIFIE PAGE 285 !

SOUS LA TRAPPE

Le regard plongé dans celui d'Axil, tu détectes quelque chose d'étrange dans ses yeux… Une chose que tu ne comprends pas, sur laquelle tu ne pourrais pas mettre de mots. Un lien. Un lien puissant vous unit. Tu le sens de façon intime, au plus profond de toi, même si tu ne peux l'expliquer. Alors tu dois te fier à elle. Cela te paraît soudain évident.

Sans perdre plus de temps, tu te jettes à terre en direction de la trappe, puis tu te glisses à l'intérieur. Tu refermes l'écoutille juste au moment où les soldats pénètrent dans la cellule.

Tu t'accroupis sans bruit. La cachette est étroite ; tu te demandes bien à quoi sert un rangement si confiné. Un petit trou te permet en tout cas d'écouter tout ce qui se passe au-dessus de toi. Les soldats font le tour de la pièce, sans adresser un mot à la prisonnière. Tu retiens ta respiration : pourvu qu'ils ne soulèvent pas la trappe ! Les militaires finissent par interroger Axil, mais ils n'ont pas davantage de succès : l'extraterrestre exagère sa faiblesse et murmure quelques inepties à peine audibles, comme si elle était à moitié dans les vapes. Énervés, les soldats ressortent en claquant la porte. Tu attends quelques secondes afin de t'assurer de leur départ, puis tu quittes ton refuge, soulagée. Pour toi, mais aussi pour Axil : les militaires ne lui ont heureusement rien fait. Il faut dire qu'elle les a bien trompés, avec son air abruti !

Tu te diriges finalement vers le panneau de contrôle et actionnes la fameuse manette. Tu rencontres l'effet recherché : la porte de la cage est déverrouillée. Tu peux enfin confirmer tes soupçons :

— Êtes-vous Axil ? demandes-tu à l'étrangère… dont les traits (même fatigués, amaigris) te paraissent de plus en plus familiers.

L'extraterrestre reste d'abord muette, scrutant ton visage de ses grands yeux brillants. Puis elle te répond chaudement :

— Oui, c'est bien moi.

Tu voudrais l'interroger davantage, mais le temps presse : Axil te prend par la main, te menant vers la sortie. Avant de vous aventurer tout à fait à l'extérieur, tu vérifies que la voie est libre. De toute évidence, les soldats à ta recherche sont déjà bien loin.

VA À LA PAGE 301

LE CAMP ALIEN

Tu secoues la tête : hors de question de laisser ton père avec ces fous armés ! Un fourgon débarque et bloque le passage. Des militaires braquent leurs fusils sur vous. Plus d'issue possible. Ton père et toi mettez les mains en l'air pour montrer que vous n'êtes pas armés. Vous vous apprêtez à sortir de la voiture.

— Je ne ferais pas ça, à votre place.

Qui a parlé ? Tu te retournes. Derrière vous, allongé sur la banquette, il y a un homme. Il a les cheveux bleus, et ses yeux brillent d'une lumière forte. À cet instant tu prends conscience que la peur fait briller tes yeux depuis le début de la course-poursuite. L'étranger se relève sur un coude, juste assez pour jeter un œil aux militaires qui s'approchent de la voiture.

— Mieux vaudrait ne pas s'éterniser, je pense, dit-il.

À ces mots, l'homme prend ta main et celle de ton père.

L'instant suivant, tu n'es plus dans la voiture, mais dans une forêt. Tu regardes autour de toi. Quelques mètres plus loin, ton père semble être pris de vertiges. Tu viens l'aider à se soutenir. L'étranger de la voiture te prête main-forte.

— Ça arrive parfois, dit-il. Les humains supportent difficilement la téléportation, mais là, on n'avait pas trop le choix.

« Les humains ? » Pas le temps de poser la question : déjà l'homme vous entraîne vers ce qui ressemble à un camp.

Une vingtaine de petites tentes bricolées forment un cercle autour de tables et de chaises. Tout semble avoir été récupéré et rafistolé. L'homme t'aide à installer ton père dans un grand fauteuil élimé. Il semble très mal en point.

Tu te retournes et découvres des dizaines d'yeux lumineux qui te fixent intensément. Tu recules, effrayée. Tu cherches frénétiquement ton portable, il faut appeler quelqu'un, n'importe qui, pour venir vous aider. Tu réalises alors que tu ne l'as plus : il est resté dans ton sac, qui est toujours dans la voiture de ton père. L'homme qui vous a sauvés s'approche de toi et tente de te rassurer. Il t'offre sa main et se présente.

— Je suis Tilémé et je suis comme toi. Ne t'inquiète pas, personne ne te veut de mal ici. Que fais-tu avec cet humain ?

— C'est mon père.

Le regard de Tilémé passe de ton père à toi, étonné.

— Vraiment ? Incroyable ! Ton père t'a-t-il expliqué qui tu es ?

Qu'est-ce qu'il raconte ? Comment ça « comme toi » ? Comment ça « qui tu es » ? Devant ton air perdu, Tilémé te fait asseoir. Il commence d'une voix douce :

— Mes camarades et moi-même, nous sommes… des extraterrestres. C'est comme ça que nous appellent les êtres humains. Nous avons visité ce lieu plusieurs fois par le passé, les grandes tempêtes de la région nous permettant de nous approcher en vaisseau sans être repérés. Notre planète a été rendue inhabitable il y a une vingtaine d'années, par notre propre faute. Les quelques survivants de ce désastre écologique sont venus se réfugier sur terre. Nous pensions pouvoir passer inaperçus. Après tout, nous ressemblons beaucoup à des hommes. Mais un groupe de scientifiques a remarqué notre présence. Ils ont commencé à enlever certains d'entre nous pour nous étudier. Quand ils ont compris que la plupart d'entre nous avaient des pouvoirs surnaturels, ils ont convaincu l'armée de les aider et ont créé une base secrète pour nous emprisonner et nous torturer. Nous sommes quelques rescapés qui avons réussi à nous échapper du centre, mais nos amis et nos familles sont encore à l'intérieur… Nous observons régulièrement les manœuvres de l'armée pour empêcher qu'ils n'enlèvent de nouvelles personnes. C'est comme ça qu'on est tombés sur vous…

Le récit de Tilémé te bouleverse. Au début, tu as du mal à y croire. Des extraterrestres… Et puis quoi encore ? Pourtant, aussi incongru que cela puisse paraître, ça explique tout. Tes visions. Pourquoi tes yeux se sont mis à briller… et puis tu viens quand même de te téléporter ! Tu ressens une vague de compassion pour ces êtres, et, tout de suite après, une grande tristesse. Comment les humains peuvent-ils se montrer si cruels ? Tu as envie d'aider ces Aliens, mais comment faire ?

Tu regardes autour de toi les yeux qui brillent dans le noir. Tilémé a parlé de pouvoirs, comme des visions ?

— Alors… Je serais une extraterrestre, moi aussi ?

— À moitié. Ton père est un humain, c'est certain. Mais je ne pensais pas que c'était possible. C'est certainement pour cette raison que l'armée en a après toi : ils ont dû découvrir ton existence. (Il fronce les sourcils, plongé dans ses souvenirs.) D'ailleurs, lorsque j'étais là-bas, je me souviens d'une femme, prisonnière comme moi. Elle était puissante… (Il semble sortir de ses pensées et se met à te regarder.) Elle te ressemblait.

Tu ne sais plus quoi faire ni quoi penser. Tilémé et toi êtes forcément liés. Seulement, tu le connais à peine… Peux-tu vraiment lui faire confiance ? Tu devrais peut-être essayer de rentrer chez toi avec ton père et de contacter la police. Mais, si cette femme qui te ressemblait était ta mère ? Si elle était alien, elle est peut-être passée par le centre. C'est l'occasion ou jamais d'enquêter. Que décides-tu ?

1) TU RENTRES AVEC TON PÈRE

- C'EST SANS DOUTE PLUS PRUDENT.
VA VOIR SI C'EST BIEN LE CAS, PAGE 111

2) TU VAS ENQUÊTER AU LABORATOIRE

- TU BRAVERAS TOUS LES DANGERS
POUR ALLER ENQUÊTER. TA RÉCOMPENSE ? PAGE 162

MOTUS

Tu décides de rester dans la voiture.

Tu ne dis rien alors que vous approchez du complexe. Tu ne dis rien lorsque le véhicule ralentit, puis finit par s'arrêter à l'entrée du portail. Tu ne dis toujours rien lorsque la dame sort un badge de la poche de sa veste et que la grille s'ouvre. Tu ne dis rien, mais tu ne rates aucun de ses gestes.

La dame se tourne vers toi avec un nouveau sourire.

— Je suis désolée, il faut juste que je passe par mon bureau avant de te raccompagner. J'ai oublié mes clefs... À mon âge, tu imagines ! Quelle étourdie je fais !

Elle se gare et tire le frein à main.

— J'en ai pour une minute. Est-ce que tu veux venir avec moi, voir un peu à quoi ça ressemble, un laboratoire ?

« Laboratoire »... Ça ne te dit rien qui vaille.

— C'est gentil, mais ça ira. Je ne voudrais pas vous déranger.

L'inconnue te sourit à nouveau.

— Je t'assure que tu ne me déranges pas… Sinon je ne te l'aurais pas demandé ! Mais tant pis. Une autre fois. Tu veux bien m'attendre dans la voiture ?

Tu hoches la tête, pas rassurée du tout.

La dame sort, puis disparaît à l'intérieur du labo. Inquiète, tu fouilles son sac à main. Tu retrouves le badge avec lequel elle a ouvert la grille. Son nom est Frédérique Moreau. Moreau ? C'est le nom de famille de Nora… Peut-être sa mère ? En effet, maintenant que tu y penses, en oubliant le côté « super geek » de Nora, tu remarques une ressemblance. D'ailleurs, un coup d'œil à une photo montrant Frédérique avec un homme (son époux ?) et une Nora un peu plus jeune confirme tes soupçons.

Cette nouvelle te rassure… quelques secondes à peine. En voulant replacer le badge dans le sac, tu tombes sur un trousseau de clefs. Le Dr Moreau n'a-t-elle pas dit qu'elle l'avait oublié dans son bureau ?

Tu as à peine le temps de te poser la question que la portière s'ouvre. Deux militaires en treillis se saisissent de toi et te tirent hors de la voiture.

VA À LA PAGE 19

ÉTEINDRE LE GÉNÉRATEUR

La barrière est un peu haute, et ta mère doit en plus te porter… Il n'est pas certain qu'elle tienne, dans son état. Mieux vaut essayer de désamorcer les rayons laser.

Mais d'abord, il s'agit d'atteindre la serre sans être vues des soldats. Vous vérifiez que la voie est libre, puis vous bondissez hors des douves et courez jusqu'au générateur, courbées, aussi près du sol que possible. Heureusement, personne ne semble vous avoir remarquées.

Arrivées au but, vous êtes plutôt bien cachées par la serre : vous ne risquez plus vraiment d'être aperçues par des militaires. Tandis que ta mère fait tout de même le guet, tu t'accroupis près du petit alternateur.

Mince ! Il y a de nombreux câbles et de nombreux boutons… Tu ne sais pas trop comment va réagir l'appareil, et tu aimerais autant éviter de t'électrocuter au passage.

— Dépêche-toi, Cassandre ! te demande ta mère, qui redoute de croiser une ronde de soldats.

Cela ne t'aide pas vraiment à te concentrer… La tension monte. Allez, il faut tenter ta chance : tu appuies sur un bouton, complètement au hasard. Rien ne se passe. Au moins, si cela ne fonctionne pas, ce n'est pas bien dangereux… Tu appuies sur un autre bouton. Toujours rien… Cela commence sérieusement à t'agacer. Énervée, tu appuies sur tous les boutons, les uns après les autres. Jusqu'à enclencher le mauvais ! Celui auquel il ne fallait surtout pas toucher ! Une alarme retentit dans la serre. Mince ! Vous n'avez pas le temps de fuir : très vite, vous êtes encerclées par des militaires lourdement armés. Épuisée d'angoisse et de tant d'efforts vains, tu t'évanouis.

PERDU !

RETOURNE À LA PAGE 119,
OU CHOISIS UNE AUTRE VOIE !

UNE REDDITION CLEFS EN MAIN

Tu n'es pas certaine de pouvoir faire confiance aux Drs Moreau, mais ils semblent tellement tenir à cette clef... Peut-être est-ce leur point faible, et le levier de ta victoire. Si cette clef libère ton père, cela vaut sûrement le sacrifice du souvenir familial... D'un geste sec, tu la décroches de ta chaîne, puis tu tends la main.

Ravis, Anton et Frédérique Moreau approchent davantage, une lueur maléfique dans les yeux. Mais Ryan n'oublie pas l'essentiel.

— Son père d'abord ! ordonne-t-il en levant son arme.

Le couple s'interrompt. Anton relève le regard vers son ancien soldat.

— Bien sûr... Nous tiendrons notre promesse, ne vous en faites pas, répond-il simplement.

Puis il désigne ton père d'un mouvement de tête, veillant à rester tout près de toi. Frédérique se dirige vers le brancard, et libère ton père de ses liens. Un frisson de soulagement te traverse, tandis que ton père te rejoint.

— Maintenant, donne-moi la clef, demande calmement Anton.

Fidèle à ta parole, tu remets l'objet au scientifique. Moreau le glisse aussitôt dans la poche de sa blouse, à l'évidence satisfait.

— Allez-y, je vous couvre, assure Ryan.

Tu remercies ton ami et lui rappelles de vous suivre.

— Ne t'inquiète pas pour moi, occupe-toi de ton père, te répond le soldat.

Ton père semble un peu perdu… Visiblement, il ne comprend rien à ce qui se passe. Mais il n'a pas besoin qu'on le lui dise deux fois : te prenant par la main, il t'entraîne avec lui vers la sortie.

Malheureusement, les Drs Moreau n'ont pas dit leur dernier mot : alors que vous vous apprêtez à franchir la porte, une grille tombe devant vous, vous enfermant à l'intérieur ! Et Ryan ne pourra absolument rien faire pour vous sauver. Un pacte avec le diable, voilà ce que tu as fait ! Le rire démoniaque des Moreau ne fait que te le confirmer.

OUPS ! ON T'AVAIT PRÉVENU(E) !

MAIS NE T'INQUIÈTE PAS,
TU PEUX TOUJOURS RETOURNER À LA PAGE 99

TU HURLES

La portière du fourgon commence à s'ouvrir doucement. C'est le moment ou jamais : tu hurles de toutes tes forces, aussi bruyamment que possible. Avec un peu de chance, vous n'êtes pas loin d'habitations, et quelqu'un t'aura entendue. Lorsque les militaires te font descendre de la camionnette sans ménagement, tu déchantes tout de suite : vous êtes dans une immense prairie, au milieu des bois, à l'intérieur d'un gigantesque complexe de bâtiments entouré de barbelés et fermement gardé par d'autres soldats. À part eux, personne à l'horizon… Tu continues de crier, mais c'est maintenant surtout pour exprimer ta peur : tu as perdu tout espoir d'être sauvée par quelqu'un d'autre. Il va falloir te débrouiller seule.

Les soldats se saisissent de toi et te traînent en direction de l'entrée principale. Tu te débats ; tu veux leur faire comprendre que tu es encore capable d'avancer seule. Ils desserrent un peu leur prise, cependant tu vois bien qu'ils te gardent à l'œil. De toute façon, face à cette armée, tu n'as aucune chance de t'échapper. Il vaut mieux jouer le jeu et tenter d'obtenir toutes les informations que tu peux.

Après avoir badgé, les soldats te font entrer, et tu découvres un labyrinthe de couloirs. Tu observes le va-et-vient de nombreuses personnes très occupées : des soldats, mais aussi beaucoup de scientifiques. En tout cas, c'est ce que semblent indiquer leurs blouses blanches. Tout cela te paraît de plus en plus bizarre…

Les soldats t'emmènent finalement dans une petite pièce et en ressortent aussitôt, te laissant de nouveau seule. Tu regardes autour de toi. Dans l'immédiat, aucun moyen de t'échapper. Cet endroit ressemble à une salle de laboratoire. Tu vois en effet une rangée de microscopes, des feuilles de notes comportant des formules scientifiques indéchiffrables… Cela ressemble à une salle de SVT du collège.

Alors que tu attends, le mal de tête que tu as depuis ce matin refait des siennes… Ce n'est pas le moment ! Tu essaies de respirer calmement, mais tes maux de tête s'intensifient et, tout à coup, tu as une vision : dans un laboratoire semblable à celui-ci, un scientifique se fait attaquer par un homme étrange. Il a les cheveux verts, des yeux lumineux, et il repousse le scientifique d'une impulsion de force invisible… Cet homme a un pouvoir de télékinésie ! La vision s'arrête aussitôt, te laissant sceptique. Comment l'interpréter ? Est-ce que tu t'es cogné la tête un peu trop fort… Ou est-ce la réalité ? Car tu as de plus en plus souvent de visions étranges, ces derniers temps, et certaines se sont curieusement réalisées…

C'est alors qu'un homme en blouse blanche pénètre dans la pièce : c'est le Dr Anton Moreau, le père de Nora, ta camarade de classe. C'est justement lui, le scientifique de ta vision ! Il est souriant, paraît plutôt rassurant et bienveillant, mais tu te méfies : tu ne sais toujours pas où sont ton père et Elijah, et les militaires qui t'ont « secourue » étaient un peu brutaux. Il s'adresse à toi d'une voix doucereuse :

— Ma pauvre Cassandre… J'espère que ton trajet ici n'a pas été trop éprouvant. Nous sommes obligés d'agir ainsi pour des raisons de sécurité. Ne t'inquiète pas, je vais tout t'expliquer.

Tout en parlant, Anton semble t'inspecter et étudier toutes tes réactions.

— Nous avons dû te séparer de ton père, car il est atteint d'un virus très grave et très contagieux. Dans ce laboratoire, nous essayons d'éradiquer ce virus. Ne t'inquiète pas, ton père est ici aussi, nous sommes en train de le traiter. Ce virus agit à une vitesse fulgurante… D'ailleurs, c'est cette même maladie qui a entraîné la mort de ta mère il y a quelques années… Tu le savais ? Cassandre, nous devons absolument te tester également : si tu es aussi atteinte de ce virus, nous devons le savoir immédiatement.

Ta mère est donc morte à cause d'un virus ? Ce n'est pas ce que t'a expliqué ton père. Mais il est vrai qu'il est toujours resté très vague à ce sujet. De plus, tu étais très petite lorsqu'elle est morte, il est probable que ton père ait voulu te ménager. Mais lui : est-il vraiment malade ? Et tu n'aurais rien remarqué ? Si c'est faux, est-ce que ta mère elle-même est en fait toujours vivante ? Ce n'est peut-être que ton désir qui parle.

Tu ne sais pas si tu peux faire confiance au Dr Moreau, mais si tu risques d'être toi-même atteinte, peux-tu vraiment prendre le risque ?

— Viens avec moi, Cassandre. Je t'emmène dans la salle des tests.

**1) TU SUIS LE DR MOREAU
DANS LA SALLE DES TESTS**

SÛR(E) ? ÇA PEUT PIQUER… OK, VA À LA PAGE 19

**2) TU LE POUSSES, SORS DE LA SALLE
ET TENTES DE T'ENFUIR
PAR LA PREMIÈRE PORTE QUE TU VOIS**

APRÈS TOUT, TU NE MOURRAS PEUT-ÊTRE PAS
TOUT DE SUITE…

ON PARIE ? RÉPONSE À LA PAGE 106 ?

CRAZY DÉRAILLE

Tu t'approches discrètement du savant fou. Il est occupé à observer les Aliens au travail, le regard menaçant et mauvais. Il porte dans son dos tout un attirail d'armes extraterrestres, les mêmes qu'il utilise pour punir les travailleurs trop paresseux. Comme il serait facile d'attraper une des armes et de s'attaquer à lui.

Tu te saisis de l'une d'elles et tires dans son dos. Loupé : le Dr Crazy porte une armure de sa conception, qui neutralise l'effet des armes et pouvoirs extraterrestres !

En revanche, cela ne l'a pas empêché de sentir la tentative. Il se retourne et te repère aussitôt. Il braque son arme sur toi.

Alors que tu t'apprêtes à fuir, tu te sens faiblir, et commences à avoir du mal à avancer. Tu tombes, subitement à bout de force.

Finalement, à toi non plus, cette substance ne t'a pas fait beaucoup de bien.

Sur le point de perdre connaissance, tu as une prémonition : ton père court vers toi. Il semble aller bien. Il te serre si fort dans ses bras que tu as du mal à respirer. Un grand soulagement t'envahit.

Cette vision te donne la force d'avancer : il faut résister ! Tu rouvres les yeux, mais rien ne se passe, Crazy a baissé son arme. Il te reconnaît.

— Mais… Tu es la fille d'Axil, la seule mi-humaine, mi-Alien !

Il part d'un rire diabolique :

— Je vais bien m'amuser avec toi, petite ! Tu es une mine d'or pour la science, tu sais ? Toutes ces expériences que nous allons faire tous les deux, j'ai hâte !

Vite, il faut te mettre à couvert ! Mais comment faire ? Tu regardes autour de toi, tes options sont limitées. Les grands établis derrière toi pourraient te protéger un instant, le temps de trouver un plan. Ou peut-être serait-il plus efficace de descendre de la plate-forme pour te mêler aux autres Aliens. Que décides-tu ?

1) TU TE FAUFILES DERRIÈRE LES ÉTABLIS
- DOUCEMENT ! PAGE 278

2) TU SAUTES DE LA PLATE-FORME
- READY ? GO PAGE 86 !

LA CLEF DE LA VICTOIRE

Tu décides de faire confiance à ta nouvelle alliée : si elle dit avoir besoin de la clef, il faut la croire. Tu te précipites vers les soldats assommés, avec l'idée que l'un d'eux doit bien avoir la clef des menottes… Tu ne peux pas pour autant t'empêcher de regarder la grille : elle descend lentement, mais sûrement. Et cette fichue alarme stridente qui te déconcentre ! Tu fouilles le soldat que tu as assommé, sans succès. Désespérée, tu passes au second. Rien dans la veste… aucun trousseau non plus pendu à la ceinture.

Soudain, ton regard est attiré par une lueur brillante, sous le gilet pare-balles du militaire. Serait-ce enfin la clef ? Tu soulèves le veston, et tombes sur… un insigne de soldat. Tu t'es bien fait avoir !

Cependant, cela te donne une idée : la clef est peut-être elle aussi accrochée autour de son cou. Excitée, tu continues ta recherche… en vain. Tu repasses au premier soldat fouillé, et soulève son gilet pare-balles. Eurêka !

— Axil ! Par ici ! cries-tu à l'extraterrestre.

Cette dernière relève la tête de la petite trappe où elle espérait trouver la clef. Tu tends la main, révélant ta trouvaille. Axil se précipite vers toi.

— Bien joué ! te félicite-t-elle.

Tu te dépêches de lui ôter ses menottes. Et vous courez enfin vers la sortie. Enfin, mais trop tard. La grille est presque entièrement fermée, et de toute façon trop basse pour que vous puissiez encore passer, sinon à plat ventre. Vous n'y arriverez jamais à temps. Heureusement, Axil est désormais libre d'utiliser ses pouvoirs : ses bras deviennent comme élastiques, et s'étendent de plusieurs mètres, jusqu'à la grille que l'extraterrestre retient de toutes ses forces.

— Vite, passe dessous ! te demande-t-elle.

Pas le temps de t'éblouir des prouesses de ton alliée, tu t'exécutes. Puis, une fois la grille passée, tu la maintiens, de l'extérieur, de telle sorte qu'Axil puisse à son tour quitter la cellule… Quand tu peux enfin lâcher, les bras endoloris, elle tombe avec fracas.

Tu te tournes vers Axil, un sourire aux lèvres. Elle est en train de te dévisager.

À son regard ému, tu comprends que l'extraterrestre n'était pas sortie de cette infâme prison depuis bien longtemps. Mais allez, vous n'êtes pas encore tirées d'affaire.

VA À LA PAGE 301

LE CONDUIT

Tu progresses, appuyée sur tes coudes, tes jambes à moitié pliées. Une lueur lointaine t'éclaire. Tu avances vers elle, espérant qu'il s'agisse de l'extérieur. Sous ta main, la paroi est différente. Tu te figes. Tu es en train de passer sur une grille au-dessus d'une salle d'examen. Tu regardes en bas. Personne. Juste des récipients en verre contenant toutes sortes de liquides colorés et de morceaux… Tu ne préfères pas savoir. Tu respires et repars. Il faut que tu fasses attention. Et que tu ne perdes pas ton objectif de vue : sortir et retrouver ton père.

Ça y est, tu es presque arrivée à la sortie. Une nouvelle grille sous toi. Cette fois, tu vois de la lumière et entends deux voix. Tu aperçois une Alien recouverte d'électrodes.

Un des scientifiques allume la machine à laquelle sont reliées les électrodes. Un électrochoc traverse l'extraterrestre. Elle convulse. Tu entends un cri étouffé par le bâillon qu'elle porte sur la bouche. Le scientifique relance la machine et envoie un deuxième électrochoc : l'Alien tente de lutter, mais elle convulse de nouveau et des éclairs bleus sortent d'elle avant de balayer la salle. Le scientifique sourit, son collègue prend des notes puis monte la puissance.

Tu es désespérée, tu aimerais l'aider. Mais tu cherches à tout prix à sortir, d'autant que tu ne sais pas où est ton père, et qu'il pourrait subir le même traitement.

Que veux-tu faire ?

1) TU AIDES L'ALIEN

- TU NE PEUX PAS LE LAISSER SOUFFRIR COMME ÇA.
PASSE À LA PAGE 139 !

2) TU PARS CHERCHER TON PÈRE

- PEUT-ÊTRE QUE TU POURRAS REVENIR EN ARRIÈRE… OU PEUT-ÊTRE PAS. MAIS TU N'AS PLUS LE TEMPS DE RÉFLÉCHIR. VITE, À LA PAGE 93 !

LA CLEF S'ÉCHAPPE

Au moment où tu poses un doigt sur la clef, elle est de nouveau emportée par les pas d'un combattant. Tu redoubles d'efforts pour l'atteindre, mais ta main est écrasée par le pied d'un soldat qui t'a repérée. Tu te tords de douleur et, sans même comprendre ce qui t'arrive, tu es traînée quelques mètres plus loin par le militaire. Tu lui lances un regard suppliant : cela ne peut pas se terminer si bêtement ! Tu étais presque arrivée au but ! Mais le soldat reste insensible à ta détresse. Sans ménagement, il te jette dans une cellule où s'entassent déjà des extraterrestres. Ceux que tu n'es pas parvenue à libérer… Cette pensée te déchire le cœur. La porte de la prison se referme sur ton chagrin.

Tes camarades poursuivent la lutte, mais tu sais qu'il est déjà trop tard : trop d'Aliens sont encore captifs, trop d'Aliens sont déjà tombés. Gray et ses amis ne feront pas le poids : les scientifiques ont gagné.

PAS DE CHANCE !

REDÉMARRE L'AVENTURE,
OU REVIENS À LA PAGE 175 !

LE CONDUIT D'AÉRATION

Avec l'aide de ta mère, tu empiles deux tables l'une sur l'autre, de manière à atteindre le conduit d'aération, près du plafond de la petite pièce. Tu parviens à retirer la grille et à te glisser à l'intérieur, précédant ta mère qui semble épuisée. Vous avancez péniblement, ta mère a beaucoup de mal. Les scientifiques ont dû lui faire subir de terribles tortures ! Encore heureux, tu ne dois pas ramper : il y a assez de place pour avancer à quatre pattes.

En te retournant, tu te rends compte qu'elle est loin derrière toi. Tu t'arrêtes et l'appelles, peut-être un peu trop fort : deux yeux apparaissent dans l'obscurité, à quelques mètres de toi. Il s'agit d'une créature étrange qui s'approche.

— Aaaaah !

Tu cries de frayeur et retournes vers ta mère pour la tirer, afin d'avancer plus vite. Mais à ce moment-là, la créature se jette sur toi. Instinctivement, ta mère te couvre entièrement pour te protéger. Comment fait-elle cela ? Tu te rends alors compte que son corps est élastique ! C'est ça, le pouvoir dont parlait le Dr Moreau ! Cette fois, c'est sûr : ta mère n'est pas humaine…

Vous retenez toutes les deux votre souffle… La créature se calme, finit par se désintéresser de vous et reprend son petit bonhomme de chemin. Vous continuez donc d'avancer, mais ta mère est de plus en plus pâle. Heureusement, vous arrivez enfin à la sortie du conduit d'aération. Vous poussez la grille et tombez à l'extérieur du bâtiment, face à la serre.

Entourée d'arbres et gardée par deux militaires postés à l'entrée, la serre ne sera pas si simple à atteindre que tu l'aurais espéré. Vous avez deux choix : l'une de vous peut faire diversion tandis que l'autre attaque les soldats par-derrière, ou vous grimpez aux arbres, pour tenter d'entrer par le toit.

1) FAIRE DIVERSION
ET ATTAQUER LES SOLDATS
- BATS-TOI POUR ALLER À LA PAGE 30

2) GRIMPER AUX ARBRES
ET PASSER PAR LE TOIT
- LA PRUDENCE TE MÈNE À LA PAGE 55

À AXIL

Tu regardes les Moreau avec aplomb.

— Menez-moi à Axil, et vous saurez tout.

— Axil ? demande Frédérique Moreau, étonnée.

Le couple de scientifiques part d'un long rire hystérique. Tu ne comprends pas ce qui se passe ; tu t'attendais à tout sauf à ça. Anton voit ton étonnement et te dit :

— Tu bluffes, ma petite ! Tu ne sais rien. Axil est seule dans sa cellule. Elle est incapable de faire quoi que ce soit ni de communiquer. Tu t'en rendras compte bien assez tôt. Si tu avais la moindre idée de qui est Axil, tu ne l'aurais jamais dénoncée. Après tout, tu la cherches depuis tellement longtemps…

Tu n'es pas sûre de comprendre. « Tu la cherches depuis tellement longtemps. » Serait-il possible qu'Axil soit…

Tu n'as pas le temps d'aller au bout de ta pensée : Frédérique Moreau est apparue derrière toi. Elle t'injecte un liquide étrange dans le bras. Tout devient noir. Tu sombres.

GAME OVER

REPRENDS À LA PAGE 82 !

L'ATTAQUE DES CERBÈRES

Si les soldats se réveillent avant que tu n'aies atteint l'arme du Dr Moreau, c'en est fini de toi ! Ton nouvel ami commence déjà à s'éloigner : mieux vaut ne pas le perdre de vue… Renonçant au pistolet tranquillisant, tu tournes les talons et rejoins l'extraterrestre. Vous courez ensemble à travers le couloir et, alors que vous êtes sur le point de sortir enfin du laboratoire, six chiens de sécurité à deux têtes débarquent, leurs babines retroussées dégoulinant de bave, et vous barrent la route. Encore une invention cruelle des savants fous ! Ces pauvres bêtes ont dû subir de terribles expériences pour ressembler à de tels monstres… Pas le moment de t'apitoyer sur leur sort : tu n'as pas très envie de leur servir de quatre-heures.

Essayant de garder la tête froide, l'Alien et toi reculez de quelques pas, lentement… très lentement. Mais les chiens avancent, l'air féroce et l'œil brillant. Tu sens bien qu'ils s'apprêtent à vous sauter dessus… Ne surtout pas paniquer. Prenant les devants, Gray repousse le chien le plus proche grâce à ses pouvoirs : la bête est propulsée en arrière et va s'abattre contre un mur. Malheureusement, cela a surtout le don d'énerver davantage ses petits camarades, qui bondissent vers vous. Gray, fatigué par son affrontement avec le Dr Moreau et ses sbires, peine à prendre le dessus. Il parvient à ralentir les bêtes, mais pour quelques secondes seulement… Un chien se jette sur toi, les crocs affûtés.

MAUVAISE PIOCHE !

RECOMMENCE L'AVENTURE, OU REVIENS À LA PAGE 270 !

LA CLEF DU PLACARD À BALAIS

Tu ne te laisses pas impressionner par le regard insistant de Ryan et le préviens :

— Si nous laissons ces soldats ici, nous nous mettons tout seuls dans le pétrin ! Tu dois bien savoir où nous pouvons les cacher !

— Pour combien de temps ? contre Ryan. Quelqu'un trouvera les corps bien vite et nous, nous aurons perdu du temps à tergiverser ! Allons, dépêche-toi !

Hors de question d'écouter le soldat : jusqu'à présent, tu t'en es bien sortie, tu dois te faire confiance. Si tu penses qu'il faut cacher les corps, il y a une raison. C'est à Ryan de t'entendre et de te suivre. Face à ton air entêté, le jeune militaire se rend vite compte qu'il n'aura pas gain de cause. Il se range à ton plan.

— Dépêche-toi ! dis-tu à ton tour, gentiment moqueuse.

Ryan te désigne, quelques mètres plus loin, une toute petite pièce où vous pourrez déposer les corps. Tu passes une tête à l'intérieur.

— Un placard à balais… Tu es sûr ? demandes-tu, dubitative.

— C'est la réserve de l'intendance ! te reprend le soldat. Ne t'inquiète pas, personne ne met jamais les pieds là-dedans !

Avec l'aide du soldat, tu traînes les corps inertes par les jambes, jusqu'au placard. En quelques minutes, ils sont tous ligotés et bâillonnés. Ils ne devraient plus poser problème avant un bon moment !

Ryan ressort de la réserve, pressé d'en finir. Tu serres les liens une dernière fois, quand ton regard est attiré par un reflet, au fond d'une étagère. Tu te penches, la main tendue. Il s'agit d'une petite clef métallique. Tu n'en as jamais vue de pareil : l'ouvrage est très inhabituel, mélangeant droites et courbes. On dirait un petit objet d'art.

Alors que tu observes attentivement la clef, tu as une vision : ta mère, affolée, cachant précipitamment cette clef sur l'étagère. Elle ressort, regarde partout, comme cherchant à fuir, mais elle se fait capturer par des militaires.

Les images disparaissent aussi vite qu'elles sont apparues. C'est comme si toucher cette clef t'en avait donné la mémoire… Ta mère semblait en effet bien jeune dans la vision, aussi jeune que lorsqu'elle a disparu de ta vie. Ton pouvoir serait-il en train d'évoluer ? Est-ce que cette vision signifie que tu peux désormais voir aussi bien le passé que le futur ?

Un murmure de Ryan te rappelle au présent : il est temps d'y aller. Cependant, cette découverte t'émeut, au point que tu ne sais plus vraiment quoi faire. Et si cette clef avait de l'importance ? Ta mère ne l'aurait pas cachée pour rien, au péril de sa vie… Si cette clef pouvait même te mener à elle ? Tu meurs d'envie d'en savoir plus. Tu te sens comme envahie par un nouveau devoir : accomplir ce que ta mère n'a pas pu achever elle-même… Mais quoi ? En attendant, ton père est toujours prisonnier des Drs Moreau. Quelle est ta priorité ?

1) ALLER LIBÉRER TON PÈRE…

SI TU ARRIVES À TEMPS.

TU LE SAURAS À LA PAGE 99

2) ENQUÊTER SUR TA MÈRE ET LA CLEF

– LA CURIOSITÉ EST UN VILAIN DÉFAUT.

ON NE TE L'A JAMAIS DIT ?

OK, VA QUAND MÊME VOIR À LA PAGE 88

L'AIDE DES ALIENS RÉFUGIÉS

Tant pis, autant tenter le tout pour le tout. Tu te mets à appeler à l'aide de toute la force de tes poumons.

— Qu'est-ce que tu fais ? s'énerve Gray. Tu vas nous faire repérer !

Le bruit des pas s'intensifie… On court, on se rapproche. Tu ne te démontes pas et continues à espérer qu'une bonne âme t'entende et vienne te porter secours.

— Tais-toi ! renchérit Gray. Tu es folle !

Une ombre vient couvrir vos visages. Vous levez lentement la tête, et découvrez ce que tu redoutais : une bonne quinzaine de militaires, l'arme braquée sur vous. Tu en deviens muette, tant tu te sens abattue… Il n'y a rien que tu puisses faire. Gray non plus ne dit rien : il a comme toi conscience que, pour les soldats, cela va être un jeu de tir aux pigeons ! Tu lances un regard triste à ton nouvel ami. Même avec les meilleures intentions du monde, tu as le sentiment de l'avoir trahi.

Soudain, un éclair bleu déchire le ciel et s'abat sur le groupe de militaires. Certains d'entre eux s'effondrent, tandis que d'autres ont le temps de riposter, tirant sur des assaillants invisibles à tes yeux. Des coups de feu retentissent au-dessus de vos têtes sans que tu comprennes ce qui se passe. Leur répondent des flammes puissantes, de vifs éclairs, et même des traînées de glace qui cristallisent plus d'un soldat sur place. Puis le calme revient. Une dizaine de paires d'yeux lumineux apparaissent, qui vous observent. Des extraterrestres ! On peut dire que ton appel à l'aide n'était pas vain !

Les Aliens vous envoient une corde pour te permettre de remonter à la surface avec Gray. Il faut dire qu'ils ont l'habitude : ce sont eux qui ont construit ce piège ! Ils vous informent d'ailleurs qu'ils en ont mis un peu partout dans la forêt. Ils utilisent ce système rudimentaire pour se protéger des rondes régulières des militaires, à la recherche de fuyards. Ils vous invitent alors à les suivre. Hier, tu pensais que tu étais une simple humaine avec des migraines et des rêves bizarres… Aujourd'hui, après avoir frôlé la mort, tu pars découvrir un campement extraterrestre ! Et si ton père n'était pas retenu quelque part, peut-être en pleine séance de torture, tu serais sans doute complètement survoltée !

L'idée que tu te fais du camp alors que vous avancez entre les arbres est loin de la vérité. Ce que tu découvres en arrivant te fait franchement mal au cœur : des cabanes faites avec des matériaux récupérés à droite et à gauche, de vieux meubles défraîchis, des tonneaux rouillés qui servent de réservoirs d'eau potable… C'est vraiment misérable. Comment peut-on vivre comme cela ? Tu aimerais tant pouvoir aider ces Aliens qui viennent de te sauver la vie. Gray marche à tes côtés, les Aliens que vous croisez saluent chaleureusement ton camarade. Il a dû sauver bon nombre d'entre eux.

— Bienvenue, bienvenue ! te dit chaleureusement l'un d'entre eux en pressant tes mains dans les siennes. C'est une petite communauté, ici, on se connaît tous… Alors on est toujours ravis de rencontrer l'une des nôtres !

Tu ne comprends pas bien… Cet Alien croit-il vraiment que tu es toi aussi une extraterrestre ?

Devant ton air incrédule, l'inconnu renchérit :

— Tu n'as pas vécu des choses étranges, ces derniers temps ? Un don particulier, qui se serait déclenché pendant ton passage à l'adolescence ? Et tes yeux… Personne ne t'a dit qu'ils brillaient plus fort que d'habitude, par moments, surtout lorsque tu es en proie à une émotion forte ?

Tu dois bien reconnaître qu'ils visent juste : Elijah t'a déjà dit qu'il avait cru voir tes yeux se mettre à briller sans que tu t'en rendes compte. Quant à tes visions, elles sont trop précises et souvent trop vraies pour être de simples rêves…

Tu repenses à ce que t'a dit ton père sur la mort de ta mère, à ce que t'a dit le Dr Anton Moreau… Est-ce que ta mère serait une extraterrestre ? Est-elle morte dans ce laboratoire ?

Maintenant que tu es au pied du mur, forcée d'admettre la vérité, la colère obscurcit peu à peu ton jugement. Tu ne sais plus à qui en vouloir : à ton père, de te l'avoir cachée, aux Moreau, pour leurs mensonges et les souffrances qu'ils font subir à ta famille… À ces extraterrestres, même, qui remettent en question toute ta vie !

Tu surprends un regard compatissant de Gray. Il doit bien voir que c'est beaucoup à encaisser pour une adolescente. Tout ce qu'il t'a dit se confirme. Tu assistes avec plaisir à ses retrouvailles avec ses vieux amis. Ton chagrin passe avec le bonheur que tu lis sur chaque visage, ceux des Aliens que Gray a sauvés, et tu te sens soudain pleine de reconnaissance : toi non plus, sans Gray, tu ne serais pas libre.

Cependant, ton protecteur n'est pas venu pour récolter les remerciements. Il a quelque chose de très important à dire à ses amis : il a enfin pu dérober la clef dont ils ont cruellement besoin. À cette annonce, les rires et les embrassades cessent, tandis que tous se regroupent autour de Gray pour en entendre davantage. Toi aussi, tu t'approches, curieuse de savoir ce qui se passe. Dans la foule, un vieil extraterrestre aux cheveux d'argent t'explique : les réfugiés tentent depuis un moment de monter un plan qui leur permettrait de libérer tous leurs camarades encore enfermés.

Mais c'est très compliqué à mettre en place : les Aliens, si puissants soient-ils, ne peuvent pas attaquer le laboratoire. Ce dernier est en effet protégé par un invisible champ de force qui entoure entièrement le complexe et le rend invulnérable aux pouvoirs extraterrestres. Les Drs Moreau l'ont spécialement conçu pour se préserver d'une potentielle attaque. L'intérieur du bâtiment n'est pas protégé, mais les extraterrestres qui y sont enfermés sont généralement enchaînés grâce à des menottes qui annulent leurs pouvoirs.

Bref, tout est fait pour rendre les extraterrestres impuissants face aux soldats. Malgré cela, une partie des Aliens pense que le meilleur moyen de libérer les leurs reste d'attaquer de front, afin de créer une diversion pendant que l'un d'entre eux s'immisce dans le souterrain menant au générateur, grâce à une trappe qu'a repérée Gray. Une fois le champ de force désactivé, les extraterrestres pourront utiliser pleinement leurs pouvoirs et mettre à mal les militaires.

Cependant, une autre partie des Aliens, menée par Gray, pense que ce plan est trop dangereux. Selon eux, le meilleur moyen de sauver leurs amis serait de monter une sorte de cheval de Troie : tous iraient se rendre, afin d'entrer dans le laboratoire, escortés par les soldats. Ces derniers, bien sûr, les attacheraient. Mais il existe une clef qui, une fois insérée dans la fente du panneau de contrôle jouxtant les geôles, permet de désactiver les menottes anti-pouvoirs. Cette clef, c'est celle qu'a enfin pu récupérer Gray. Il compte l'activer en arrivant près des cellules, après s'être rendu. Les extraterrestres pourront alors sauver les leurs de l'intérieur du laboratoire !

Les Aliens se disputent, incapables de se mettre d'accord : les uns disent que la reddition est trop risquée. Et si la clef ne fonctionnait pas ? Tous les extraterrestres seraient alors prisonniers à l'intérieur. Ils seraient définitivement perdus. C'est peut-être vrai, répondent les autres, mais qui va-t-on envoyer dans le souterrain éteindre le générateur ? C'est quasiment un sacrifice !

— Moi ! dis-tu fermement.

Le groupe se tourne vers toi, étonné.

— On ne va pas laisser une enfant y aller ! s'insurge l'un d'eux.

— Ils m'ont vue tout faire pour m'échapper ! Ils ne s'attendront pas à mon arrivée. Je veux en être. Je vous le dois.

Et tu es sûre de toi. Si sûre que les autres en restent bouche bée d'admiration. On te croit : tu en es capable.

Mais est-ce vraiment le meilleur plan ? Si le plan de Gray fonctionne, vous serez tous ensemble, avec vos amis de l'intérieur, pour combattre les militaires, et vous aurez beaucoup plus de chances de remporter la victoire ! Que faire ?

1) FAIRE DIVERSION
ET DÉSACTIVER LE CHAMP DE FORCE
- UN DÉTOUR PAR LA PAGE 71 ?

2) LE CHEVAL DE TROIE DE GRAY :
JOUER LA REDDITION
- AU GALOP JUSQU'À LA PAGE 175

LE SYNDROME D'ORPHÉE

Tu as trop peur que le chien ne t'atteigne avant d'avoir le temps de faire diversion… prenant sur toi, tu fermes les yeux et restes immobile, attendant de connaître ton sort. Plus de cliquetis de griffes sur le carrelage… Ton plan semble avoir fonctionné ! Le chien t'a perdue… Tu l'entends alors renifler. Avec ses deux museaux, il risque de retrouver rapidement ta trace. Tu sais toutefois qu'il faut rester discrète. Le moindre bruit, et tout est fini. La peur au ventre, tu fais un premier pas, le plus silencieusement possible. Le chien, lui, ne semble pas bouger. C'est bien, il faut continuer ainsi… Un deuxième pas. Aucune réaction de la bête. Tu continues, un peu plus rassurée après chaque pas. Tu restes cependant bien concentrée, prenant soin de garder le cap : marcher bien droit, se fier à son oreille, et tu devrais réussir à atteindre la porte. Tu tends les bras : il ne s'agirait pas de te la prendre en pleine figure.

Tu sens finalement une paroi contre ta main, c'est la porte ! Tu vas enfin pouvoir déguerpir. Il reste tout de même une partie bien délicate : ouvrir la porte sans en avertir la bête qui te cherche encore en respirant le sol du couloir. Tu prends ton courage à deux mains et abaisses la poignée. Le chien relève la tête, en alerte. Plus le temps de réfléchir : tu ouvres vivement la porte et t'apprêtes à sortir quand… au dernier moment, tu te retournes, la tête vers la bête, ouvrant les yeux malgré toi. Le monstre bondit en un éclair et, avant même que tu ne puisses réagir, il est sur toi.

TU VEUX LES DÉTAILS DE TA DÉFAITE ?
TU NE LES AURAS PAS !

EN REVANCHE, TU PEUX RECOMMENCER L'AVENTURE
OU BIEN RETOURNER SUR TES PAS, PAGE 156 !

LES ARCHIVES

Tu avances dans le couloir. Ta priorité : retrouver ton père. Tu te sens perdue dans ce bâtiment où les couloirs se ressemblent tous. Tu as besoin de quelque chose pour te repérer. Il doit bien y avoir un plan quelque part.

Tu avances furtivement dans les couloirs. À chaque croisement, à chaque porte, tu t'arrêtes et retiens ton souffle. Heureusement, il n'y a plus grand monde dans le laboratoire à cette heure de la nuit. Quelle heure est-il, d'ailleurs ? Tu ne sais plus. Une chose est sûre : il faut faire vite. Les scientifiques détiennent ton père, et tu ne sais pas ce qu'ils risquent de lui faire.

Tu repères une porte entrouverte d'où s'échappe un souffle profond et régulier. Tu passes la tête dans l'entrebâillement de la porte. Il s'agit d'une petite salle remplie de classeurs et de boîtes d'archives. Plusieurs gros ordinateurs semblent traiter des données en continu. Un homme en uniforme d'agent de surveillance est assis devant un des ordinateurs. Tu as un mouvement de recul en l'apercevant, mais découvres bien vite que le garde dort, qu'il ronfle même ! Tu décides de tenter ta chance. Tu entres et t'approches des boîtes d'archives, à la recherche de… tu ne sais pas trop.

Tu trouves assez vite un plan du bâtiment. Tu devrais partir à présent, mais la curiosité prend le dessus et tu ouvres plusieurs boîtes. Tu découvres des dossiers médicaux et rapports d'expériences sur des Aliens : ta mère en fait probablement partie ! Tu cherches son dossier lorsque tu entends le garde remuer. Tu t'approches de lui – il est en train de se réveiller !

Tu devrais fuir, tu as déjà le plan qui t'aidera à retrouver ton père. Mais tu ne sais pas si tu peux laisser passer cette chance d'en découvrir plus sur ce qui est arrivé à ta mère. Tu aperçois l'arme du vigile accrochée à sa ceinture. Que fais-tu ?

1) TU TENTES DE VOLER SON ARME AVANT QUE LE VIGILE NE SE RÉVEILLE

- AS-TU RÉUSSI TON COUP ?

VA VOIR À LA PAGE 104 !

2) TU PRENDS LE PLAN DU LABORATOIRE ET FUIS

- EST-CE QUE TU AS PERDU LE NORD ?

VA VOIR À LA PAGE 109

SUIVRE LA VOIX DE RYAN

La mort dans l'âme, tu jettes un dernier coup d'œil à la prisonnière et repars. Ryan te guide à travers les couloirs… Tu n'arrêtes pas de tourner à gauche, à droite… mais où t'emmène-t-il ? Tu étais juste à côté de la cellule de ta mère, il n'est pas possible de marcher autant pour y retourner, même en passant par une autre porte ! L'idée soudaine que Ryan pourrait être en train de te manipuler te traverse l'esprit. Et s'il était resté à la solde des Moreau ? Après tout, tu ne sais rien de lui…

— Stop ! crie le militaire. Tu es tout près. La petite porte à gauche… c'est là !

Tu te sens un peu mal d'avoir douté de l'honnêteté de ton ami, mais tu gardes tes remords pour plus tard. Il est temps d'agir ! Ta main est déjà sur la poignée…

— Sois prudente ! te rappelle Ryan.

Te voilà dans la cellule. Cet endroit fait froid dans le dos ! La prisonnière n'a le droit qu'à une simple chaise, à laquelle elle est attachée. Un bâillon l'empêche de parler. Tu la retrouves au sol, son siège de fortune est tombé avec elle. Elle paraît si frêle, si faible ! Comment la délivrer ? Pour cela encore, Ryan a la solution :

— Regarde à côté de la porte, Cassandre. Il y a un petit panneau de contrôle qu'utilisent les Drs Moreau. Tu devrais voir un petit bouton vert, appuie dessus.

Tu hésites une demi-seconde, puis tu suis les instructions de Ryan. Cela s'avère payant : tu as ainsi enclenché l'ouverture des chaînes qui maintiennent la prisonnière et désactivé les alarmes. Tu te précipites pour l'aider à se défaire de son carcan de fer et à se relever. Tu constates qu'elle a du mal à marcher, mais elle paraît si heureuse de te retrouver ! N'importe qui serait sans doute soulagé de se voir libéré… Mais il y a quelque chose dans la façon dont elle te dévisage, dont elle te serre très fort dans ses bras, les larmes aux yeux, et à cet instant, tu sais : ta mère est encore en vie, après toutes ces années.

— Désolé de casser la séquence émotion, intervient Ryan. Mais il faut encore aller secourir papa !

— Tu as raison ! dis-tu déterminée.

Ta mère te regarde d'un air interrogatif : à qui peux-tu bien parler ? Tu lui expliques le rôle qu'a joué Ryan dans son sauvetage, et celui qu'il s'apprête à jouer dans celle de ton père. Guidées par le soldat, vous partez donc toutes les deux à sa recherche.

Vous arrivez rapidement devant la salle où ton père est retenu, malgré les difficultés physiques de ta mère. C'est incroyable, comme elle est courageuse ! Tu dois tenir d'elle, plus que tu ne le pensais. Vous échangez un regard : ta mère acquiesce, te signalant ainsi que tu peux ouvrir la porte. Vous entrez dans une salle immense et découvrez alors une vision d'horreur : ton père est en train d'être torturé, les bras et les jambes liés sur une grande roue de fer. Les Drs Anton et Frédérique Moreau se tiennent juste à côté de lui, scalpels et seringues à portée de main. Autour, de nombreux extraterrestres sont eux aussi captifs, emprisonnés dans des tubes à taille humaine remplis de liquides fluorescents. Un masque à oxygène leur permet seulement de respirer. Tu remarques tout de suite que Gray a été enfermé avec les autres. Heureusement, il devait encore avoir une utilité pour les scientifiques : les militaires l'ont épargné.

Les Moreau en veulent visiblement au passé de scientifique de ton père.

— Si tu ne nous donnes pas accès à tes recherches, crois-moi, c'est la mort assurée pour toi et ta petite famille ! le menace Anton.

Ton père reste muet, mais sa souffrance parle d'elle-même. Soudain, il vous remarque, puis il tente de le cacher en détournant le regard vers les savants fous. Malheureusement, la lueur dans ses yeux n'a pas échappé à ses ravisseurs, qui se tournent vers ta mère et toi. Ils ne paraissent même pas surpris de votre arrivée.

— Que croyez-vous ? se moque Frédérique. Nous ne sommes pas des débutants. On vous a vues venir à des kilomètres !

Ta mère voudrait agir, mais elle est encore trop faible. De toute façon, les Moreau vous tiennent déjà en joue, armés d'instruments de combat spéciaux qu'ils ont conçus grâce à leurs recherches sur les extraterrestres. Vous ne leur faites pas peur une seule seconde. Ton seul espoir, c'est Ryan !

— Que dois-je faire ? demandes-tu.

Frédérique s'étonne de ta question, Anton s'en moque.

— Que dois-tu faire ? te répond le Dr Moreau. Te rendre bien sûr ! Quelle petite idiote !

Évidemment, Ryan sait que c'est à lui que tu parles.

— C'est comme dans la cellule de ta mère, explique-t-il. Il y a un bouton à activer, sur le panneau de contrôle à ta gauche…

Le soldat paraît embêté. Tu ne pourras jamais l'atteindre ! Les Moreau t'en empêcheront.

Ta mère t'observe. Elle a très bien compris que tu ne parlais pas aux scientifiques, mais à Ryan. Tu lui lances un regard désespéré. Elle comprend que tu as besoin de temps pour agir. Afin de faire diversion, elle rassemble le reste de ses forces pour utiliser son pouvoir : ses bras s'allongent, devenus complètement élastiques, et elle se met à étrangler Anton Moreau !

Frédérique, d'abord prise de court, se ressaisit et vise l'un des bras de ta mère : elle fait feu. Blessée, ta mère s'effondre de douleur, relâchant son emprise sur Anton. Mais, profitant de tout ce remue-ménage, tu as déjà rejoint le panneau de contrôle. Les Moreau se tournent vers toi, pile au moment où tu enclenches le bouton désigné par Ryan. À cet instant-là, tous les cylindres retenant les extraterrestres s'ouvrent à l'unisson, répandant au sol les liquides qu'ils contenaient. Libérés, les Aliens peuvent désormais utiliser leurs pouvoirs, et ne sont pas mécontents de mettre rapidement les scientifiques hors d'état de nuire.

Tu peux enfin aller libérer ton père qui te remercie, il est si fier de toi ! Ensemble, vous portez secours à ta mère, qui se remettra bien de sa blessure. Avec les extraterrestres libérés qui forment une véritable armée de mutants, vous pouvez maintenant vous occuper des soldats et, surtout, aller sauver l'ensemble des êtres vivants retenus prisonniers dans ce laboratoire lugubre !

BRAVO !

TU AS RÉUSSI À SAUVER TES PARENTS
EN DÉPIT DE TOUS LES DANGERS !

LA FUITE AVEC GRAY

Tu as du mal à te résoudre à laisser ton père dans ce laboratoire, prisonnier des terribles Drs Moreau. Mais tu essaies de te raisonner : toute seule, dans un lieu que tu ne connais pas, entourée de dizaines de militaires et de savants fous, tu n'as aucune chance ! Il vaut donc mieux fuir pour prévenir la police et revenir en force. D'ailleurs, tu en es sûre, c'est ce que t'aurait conseillé ton père. Gray attend toujours ta réaction, l'air pressé. Tu acquiesces et le suis, tandis qu'il reprend immédiatement le chemin de la sortie.

Ton nouvel ami se déplace avec une facilité déconcertante dans ce dédale de couloirs : il possède un plan électronique du laboratoire sur sa montre, mais cela ne lui semble même pas utile. C'est comme s'il connaissait cet endroit par cœur ! De plus, un badge magnétique lui donne accès à presque toutes les portes. Vous pourriez être en train de vous balader, ce serait la même chose…

D'ailleurs, cela commence à t'inquiéter. C'est quand même un peu bizarre, cet Alien recruté par les scientifiques. À quoi leur sert-il réellement ? Il t'a dit que, grâce à cette fonction, il pouvait ruser pour libérer ses amis… C'est peut-être un peu gros. Et toi, comme par hasard, tu serais tombée sur l'allié parfait ? Tu commences à te méfier. Et si Gray était en train de te mener tout droit dans la gueule du loup ?

Vous passez devant de nombreuses salles d'examen dont les portes vitrées te permettent d'observer le décor lugubre. Tout à coup, tu entends des cris de douleur : dans l'une des pièces, tu aperçois une jeune extraterrestre en train d'être opérée. Elle n'est clairement pas endormie et, à entendre ses plaintes, les scientifiques n'ont pas pris le soin de l'anesthésier non plus. Comment peuvent-ils être si cruels ? Cette vision te fend le cœur.

— On ne peut pas la laisser… dis-tu à Gray.

L'Alien, lui, semble bien moins touché que toi par le sort de sa congénère.

— Voyons ! Elle est entourée de scientifiques. Crois-tu vraiment que nous ayons une chance de la sauver ? te demande-t-il.

— Nous devons essayer ! répliques-tu, alors que les gémissements de l'extraterrestre torturée redoublent d'intensité.

— Si on entre, c'est toi qui finiras sur cette table d'opération. Comme elle. Maintenant, on y va. Tu vas finir par nous faire arrêter !

Gray reprend son chemin. Tu n'as pas le choix : tu le suis, bouleversée. Comment peut-il se montrer aussi insensible ? Soit il s'est blindé pour ne rien ressentir, soit il est de mèche avec les scientifiques. Et plus tu le vois réagir, plus tes doutes le concernant te semblent fondés. Tu commences même à te demander si tu reverras ton père un jour…

Gray doit être habitué à ce genre de suspicions, car il répond à tes questions sans que tu aies besoin de les poser.

— Tu dois penser que je n'ai pas de cœur… dit-il, l'air triste. Mais je n'ai pas le choix. Si je commence à prendre trop de risques, je ne pourrai plus faire évader qui que ce soit. Et ce serait pire, non ? Crois-moi, ce n'est pas facile de fermer les yeux pour moi non plus…

Au moment où il termine sa phrase, Gray prend un dernier tournant vers une petite porte de secours… celle de ta liberté ! Malheureusement, c'est le moment que choisit le Dr Anton Moreau pour ressurgir, accompagné de ses fidèles soldats !

— Arrêtez-vous ! crie l'un d'entre eux.

Anton semble encore à moitié dans les vapes… Il est soutenu par deux militaires qui l'aident à se déplacer. Il n'a cependant aucun mal à donner ses ordres.

— Saisissez-vous d'eux ! aboie-t-il. Ils feront moins les malins dans quelques minutes. Je leur réserve un traitement très particulier !

Lorsque les militaires avancent vers vous, Gray se place devant toi pour te protéger. Il repousse alors les soldats avec une force incroyable, et sans même les effleurer. Bien sûr ! Cela confirme ta vision ! Cependant, Anton, protégé par ses gardes, n'a pas été touché. Voyant les soldats à terre, il sort de sa poche un pistolet tranquillisant et le pointe sur vous. Heureusement, Gray est de nouveau plus rapide : il l'envoie valser dans le couloir grâce à son pouvoir de télékinésie. Tu es un peu déboussolée par la scène qui vient de se jouer sous tes yeux… Si Gray veut continuer à aider les siens, il faudra qu'il trouve un autre moyen. Mais pas le temps de te laisser distraire ! Gray te tire par le bras.

— Partons ! Vite !

L'extraterrestre bondit vers la sortie, tandis que ton regard reste fixé sur le pistolet sédatif du Dr Moreau… Il n'est qu'à quelques mètres et pourrait t'être fort utile ! Tu entends des geignements : les soldats commencent à se réveiller. Veux-tu suivre Gray et courir vers la sortie, ou fais-tu un détour pour ramasser le pistolet d'Anton ?

1) TU SUIS GRAY EN COURANT

- IL NE FAUT PAS LE PERDRE DE VUE ! VITE !

COURS À LA PAGE 250 !

2) TU RAMASSES LE PISTOLET

- ÇA POURRA TOUJOURS SERVIR…

MAIS EST-CE QUE TU AS PERDU GRAY ?

VA VOIR À LA PAGE 44

CONTRE-LA-MONTRE

Après tout, qu'un soldat ou un autre donne l'alerte, cela ne change rien : elle sera de toute façon lancée ! Autant donc ne pas perdre de temps avec ces militaires inconscients… mais plutôt foncer !

— Qu'est-ce que tu attends ? demande Ryan.

Il a raison. Tu acquiesces, et lui emboîtes le pas.

Plus du tout préoccupés par la discrétion, vous vous dirigez à grands pas vers la salle d'examen où tu as vu des soldats escorter ton père. Pourvu qu'il ne soit pas trop tard ! Son temps est compté… mais le vôtre également ! Car ce que vous redoutiez se produit : une alarme hurle dans tout le bâtiment. Les haut-parleurs beuglent l'ordre de vous arrêter :

— Alerte à toutes les unités ! Suspects en liberté ! Faites feu sans sommation !

Voilà qui est rassurant ! Tu t'attendais à cette fichue alarme, mais pas si tôt ! À présent, tout le monde est à votre recherche ! Le bâtiment jusqu'alors si calme est maintenant traversé de toutes parts du bruit des talons de soldats et d'ordres criés d'un bout à l'autre des couloirs.

Vous approchez heureusement de votre but. Ryan s'arrête à quelques mètres de la pièce où ton père est retenu pour vérifier que la voie est libre. Malheureusement, un amas de soldats y sont déjà en position, prêts à en défendre l'accès coûte que coûte ! Que faire ? Les militaires ne savent sûrement pas que Ryan s'est retourné contre eux : il pourrait tenter de vous faire entrer en prétextant t'avoir capturée grâce à l'alerte. Mais c'est risqué… Les soldats pourraient se méfier. Peut-être qu'il vaut mieux essayer de désactiver l'alarme : les militaires penseront alors que l'ordre est levé. Ton père va-t-il survivre jusque-là ?

1) TU JOUES LA PRISONNIÈRE

- TESTE VOS TALENTS D'ACTEURS À LA PAGE 64

2) TU ESSAIES DE DÉSACTIVER L'ALARME

- TESTE TES TALENTS D'APPRENTIE DÉMINEUSE
À LA PAGE 214

COULOIR DE GAUCHE

Tu avances doucement dans un petit couloir sombre. Tu n'es pas rassurée, n'ayant aucune idée d'où il mène. Soudain, tu sens une main se poser sur ton épaule.

— On ne bouge plus, mademoiselle !

Cette voix féroce est celle d'un militaire. Tu te retournes et te retrouves face à trois d'entre eux, lourdement armés. Ils se saisissent de toi et t'escortent jusqu'à une petite salle sans fenêtre. L'un d'eux te prévient :

— Tu vas rester ici tranquillement. Et pas de blague ! On ne veut pas te faire de mal… Le Dr Moreau va arriver. Il a des choses à te dire… au sujet de ta mère.

Aussitôt, les soldats sortent, claquant lourdement la porte derrière eux. Seule, tu t'interroges : qui est ce Dr Moreau ? Est-ce le père de Nora Moreau, ton ennemie jurée du collège, la meilleure amie d'Elijah ? Et pourquoi devrait-il te parler de ta mère ? Elle est morte il y a des années…

La porte s'ouvre.

VA À LA PAGE 12

DERRIÈRE LES ÉTABLIS

Toujours munie de ton arme, tu rampes le plus vite possible derrière les établis où travaillent les Aliens. Ils ont l'air d'y assembler des armes comme celles du Dr Crazy.

Ce dernier tente de te suivre, mais tu es dissimulée par les nombreux travailleurs. Arrivée au bout de la plate-forme, tu vois un mineur pousser un grand bac de substance extraterrestre vers le haut de la plate-forme. Tu le suis, cachée par sa charge.

Les Aliens, au travail comme si de rien n'était, se pressent sur le chemin de Crazy pour le ralentir et te faire gagner du temps. Tu es reconnaissante. Ils attendent leur heure pour se rebeller, c'est peut-être leur chance de se sauver !

Pestant et grimaçant, Crazy arrive à ton niveau. Il ne t'a pas vue. Lorsqu'il s'approche, tu te relèves d'un coup et frappes le plus fort possible sur le bac, qui se renverse près du scientifique. Le savant, affaibli par la substance, s'effondre.

Pas de temps à perdre. Les Aliens se jettent sur le Dr Crazy pour le ligoter. Tu te diriges vers le panneau de commande pour libérer tout le monde. Des militaires arrivent dans la salle pour protéger Crazy, mais il est déjà trop tard : les Aliens, bien plus nombreux, prennent le dessus aisément.

Très vite, les soldats sont noyés sous la marée extraterrestre. D'autres prisonniers arrivent par dizaines des geôles souterraines situées dans un recoin de la grotte. Parmi eux, tu aperçois ton père. Il te voit aussi et sourit, soulagé. Il court vers toi.

Bientôt, ce seront les retrouvailles, ta prémonition va se réaliser !

VICTOIRE !

UN NOUVEAU DÉFI ? REPRENDS L'HISTOIRE DEPUIS LE DÉBUT. IL TE RESTE SANS DOUTE DES CHOSES À DÉCOUVRIR !

POINT DE FUITE

Ta nervosité monte à mesure que vous approchez des militaires, alors tu prends ton courage à deux mains et dis tout à ton père. Tu parles très vite, affolée. Tes paroles te semblent incompréhensibles.

Contrairement à ce que tu redoutais, ton père paraît plus choqué que surpris par la nouvelle. Il n'a pas l'air prêt à t'envoyer à l'asile. Au lieu de cela, il te regarde et te demande :

— Qu'est-ce que tu as vu *exactement* ?

Tu lui décris la scène avec précision, en essayant de rester calme. Mais le temps presse ! Vous êtes presque arrivés au barrage militaire. Tu ne penses même pas à dire à ton père de s'arrêter, trop prise par tes explications. Quand tu as fini ton histoire, quelques mètres vous en séparent.

Ton père n'hésite pas un instant. Il fait demi-tour violemment et enfonce l'accélérateur pour s'éloigner le plus vite possible du barrage. Le pneu ripe sur les bords du chemin de terre. Tu t'accroches à la poignée de la voiture pour ne pas être ballottée dans tous les sens.

Tu te retournes. Derrière vous, les militaires ont un moment de surprise. Cela ne dure pas. Ils montent dans les fourgons et se jettent à votre poursuite. Certains soldats restés à pied tirent même sur votre voiture !

La voiture fonce à travers la nuit. Tu ne savais pas qu'elle pouvait aller si vite ! Tu regardes ton père. Son visage est fermé, concentré, déterminé qu'il est à ne pas se laisser prendre. Tu essaies de lui parler, mais rien ne vient. Et puis tu te rappelles un détail étrange. Il n'a vraiment pas eu l'air surpris quand tu lui as parlé des visions… Tu fronces les sourcils. Est-ce qu'il saurait quelque chose que tu ne sais pas ?

Vous arrivez à un croisement, des voitures arrivent face à vous. Elles entrent dans la lumière des lampadaires : des fourgons de l'armée ! Tu cries, et ton père les évite à la dernière minute. Vous avez maintenant une dizaine de camions à votre poursuite, qui se rapprochent de plus en plus.

Vous entrez dans une zone habitée, mais à cette heure, il n'y a personne dans les rues. Ton père zigzague dans les ruelles pour tenter de semer les véhicules militaires, qui sont beaucoup plus larges que le vôtre. Sa technique semble réussir, vous reprenez de l'avance ! Les tournants se multiplient : gauche, droite, gauche, droite…

La voiture freine violemment, fait un énorme dérapage et s'immobilise avant que vous ne vous preniez un mur de plein fouet. Vous entendez les moteurs des fourgons militaires qui se rapprochent de plus en plus.

— Sors ! te crie ton père. Moi je me débrouille, c'est toi qu'ils veulent !

Tu hésites. Ton père est terrifié. Il défait ta ceinture et tente de te pousser hors de la voiture. Il te supplie de partir.

— S'il te plaît, pars. Cours le plus vite possible et va te cacher. On se retrouvera. Mais je ne les laisserai pas t'avoir aussi.

1) TU SORS DE LA VOITURE

- PAS DE TEMPS À PERDRE ! VA À LA PAGE 148

2) TU REFUSES

- RENDS-TOI À LA PAGE 224

DÉSARMER LE DR MOREAU

Pas question de laisser l'odieuse Frédérique Moreau filer à l'anglaise ! Et encore moins faire du mal à ton père ! Elle espère quitter le navire en profitant de la confusion, mais tu ne vas pas la laisser faire…

Sans réfléchir, tu bondis vers le Dr Moreau, les bras levés vers son arme. Tu l'agrippes alors de toutes tes forces, mais ton ennemie s'y cramponne. Elle repousse d'un violent coup de coude ton père, qui s'effondre, assommé. La lutte continue : tu tentes de mordre la main de Moreau, qui parvient à repousser ton attaque en se tournant vivement en arrière. Déséquilibrée par ce mouvement inattendu, tu chutes à ton tour, entraînant Frédérique avec toi, toujours cramponnée à son arme. Sans attendre, elle se redresse et s'assied sur tes jambes pour t'immobiliser. Tu parviens à repousser ses mains qui tentent maintenant de t'étrangler, mais quelques secondes seulement. Dans cette position de force, le Dr Moreau est redoutable : très vite, tu ne peux plus rien contre elle. Bientôt, le souffle te manque, et tu sens ton esprit partir.

MINCE !

IL VA FALLOIR RECOMMENCER…
OU REPRENDRE PAGE 145. READY ? GO !

CLANDESTINE

Tu grimpes discrètement sur l'un des véhicules conduits par les travailleurs en direction de la mine, et te dissimules sous une bâche dans la benne de la pelleteuse.

Dans son rétroviseur, l'Alien te repère. Il semble d'abord effrayé, mais il aperçoit tes yeux brillants. Tu lis le soulagement dans son regard, dans un infime hochement de tête : tu es l'une des leurs.

Il continue d'avancer, l'air de rien. L'écho se fait soudain plus feutré : vous arrivez dans la salle principale. Le véhicule s'arrête. Tu es gênée sous la bâche par un objet qui ne cesse de se cogner contre toi. C'est une grande plaque métallique qui bouge dans le transport et se pose sur ta jambe, t'empêchant de te lever. Et malgré toutes les précautions que tu prends, en tentant de te dégager, tu fais bouger la bâche. Malheureusement, le mouvement ne passe pas inaperçu : l'homme qui surveille les travailleurs t'a repérée !

Armant son fusil électrifié, il te vise et tire. Tu parviens à soulever la plaque à la dernière minute et te protèges avec, l'utilisant comme un bouclier. La balle électrifiée rebondit contre le métal. La plaque de métal, surchauffée, te brûle les mains, et tu la lâches en poussant un cri de douleur. Tu n'as plus rien pour te protéger, et quelques cloques commencent déjà à se former.

Une petite voix dans ta tête te fait remarquer que tu devrais sûrement déjà être morte ou inconsciente, peut-être le sujet d'une vivisection en temps réel. Sauf que, durant quelques secondes, il ne se passe rien.

Tu réalises alors que le projectile est revenu sur le garde. Celui-ci le prend de plein fouet et s'effondre, hors service. Ce n'est pas le cas des soldats qui commencent à courir vers toi : visiblement, tu sais comment attirer l'attention. Tu montes dans la cabine de la pelleteuse et te sers du bras mécanique pour soulever les soldats, pris au piège. Pendant ce temps, le chauffeur du véhicule, sorti de sa propre cabine, se dirige vers le panneau de commande et délivre ses camarades, qui poussent des hurlements de joie et se précipitent vers les cellules pour libérer leurs camarades.

Leur joie est contagieuse, tu souris. Soudain, une voix que tu connais bien :

— Cassandre !

Tu te retournes : c'est ton père ! Tu cours dans ses bras pour l'enlacer.

VICTOIRE !

LES RETROUVAILLES DANS LA SERRE

Vous continuez votre chemin à travers la serre. Alors que vous approchez du fond, vous entendez ce qui ressemble à des murmures, comme des bribes de conversation. Ta mère et toi échangez un regard interrogatif et reprenez votre marche en tâchant de longer les murs pour ne pas être vues. Les voix se font bientôt plus audibles, pourtant tu peines à les reconnaître ou à distinguer ce qui se dit. Tu t'approches encore et penches légèrement la tête, espérant ainsi entrevoir des visages. C'est alors que tu aperçois le Dr Frédérique Moreau – la mère de Nora – en pleine discussion avec… ton père ! Que fait-il, dans une blouse blanche, à travailler avec l'ennemi ? D'un geste rapide, ta mère te retient en arrière et bloque ton cri de stupeur. Mais tes larmes, elles, s'échappent et coulent le long de ses mains. Curieusement, ta mère n'a pas l'air étonnée, bien qu'elle ne dise rien.

Plus loin, Frédérique Moreau conclut la conversation et se retire. Elle passe à quelques centimètres de vous, visiblement aveugle à votre présence. Vous profitez de sa sortie pour rejoindre ton père. La surprise et la joie se lisent immédiatement sur son visage. Il ouvre et tend les bras pour te retrouver, mais tu as un mouvement de recul. C'est trop pour toi. Tu ne comprends pas ce qui se trame. Ton père le saisit tout de suite et te donne les explications tant attendues.

Lorsqu'il était plus jeune, ton père a suivi des études scientifiques et est très vite monté en grade, car il était considéré comme l'un des chercheurs les plus prometteurs de la planète. Il a été recruté par les Drs Anton et Frédérique Moreau, qui menaient des recherches de pointe en matière spatiale. C'est alors qu'il s'est rendu compte que son travail serait essentiellement centré sur les extraterrestres, dont les autorités venaient de découvrir la présence sur terre.

Ton père devait mener des expériences afin de créer les premiers êtres hybrides, mi-humains, mi-extraterrestres. C'est durant cette période qu'il a rencontré ta mère, capturée par les soldats à la solde des Moreau. Ils sont rapidement tombés amoureux. Peu après, tes parents ont tenté de fuir ensemble. Cela a marché durant quelques années, et c'est à ce moment-là qu'ils t'ont eue, grâce à cette technologie que seul ton père maîtrise. Malheureusement, les Moreau les ont retrouvés et ont de nouveau enlevé Axil, ta mère. Aujourd'hui, les scientifiques attendent de ton père qu'il finisse ses recherches, en le faisant chanter : s'il refuse, les Moreau vous feront du mal, à ta mère et à toi.

Tu n'en crois pas tes oreilles ! Tu songes à tout ce qui vient de t'être raconté, et tu essaies de rassembler tes esprits. De leur côté, tes parents paraissent ravis de se retrouver. Mais la joie est de courte durée : les Drs Moreau reviennent, accompagnés de militaires. Anton a en effet prévenu Frédérique de votre évasion.

— Vous pensiez vraiment nous échapper ? vous demande Frédérique. Vous êtes faits comme des rats !

En regardant l'établi sur lequel travaillait à l'instant ton père, tu aperçois un ensemble de fioles. Tu pourrais peut-être en lancer une sur vos adversaires en dernier espoir… Mais tu n'y connais rien, et tu n'as plus le temps de réfléchir. Certaines paraissent collantes, tandis que le contenu des autres semble vaporeux. Quelle potion choisis-tu ?

1) UTILISER LA POTION VISQUEUSE
- BEURK ! VA À LA PAGE 183

2) UTILISER LA POTION VAPOREUSE
- KEUF KEUF ! DIRECTION : LA PAGE 124

CONTINUER EN HÉLICOPTÈRE

En te penchant pour observer les flancs de l'hélicoptère, tu constates avec horreur que l'essence continue de couler à flots, pour fuir en traînées jusqu'au sol. Ça ne te rassure pas du tout !

— Tu es sûr qu'on ne devrait pas se poser ? tentes-tu. Tu l'as dit toi-même, tu n'as jamais conduit un tel appareil !

Mais Gray semble craindre davantage les soldats.

— On est encore trop près du laboratoire ! C'est trop tard pour faire demi-tour !

L'hélicoptère commence cependant à perdre beaucoup d'altitude. Le sol se rapproche, de plus en plus vite…

— Gray ! paniques-tu. Pose-toi ! On va s'écraser !

— On va y arriver ! J'ai piloté un vaisseau spatial plein de monde jusqu'à cette fichue planète ! Je peux quand même maîtriser ce tas de ferraille !

Tu t'apprêtes à protester face à l'orgueil de ton ami, quand tu as une vision : tes parents, réunis, sortent du laboratoire. Ils sont sains et saufs, ils sont heureux de s'être retrouvés. Est-ce une prémonition ? Cela va-t-il vraiment se réaliser ? En tout cas, ces images te donnent le sourire et te soulagent quelques instants…

Ton rêve éveillé prend fin lorsqu'un bruit de moteur inquiétant se fait entendre, déchirant la nuit… Un effroyable bruit d'explosion. Puis c'est le noir complet.

L'hélicoptère s'est embrasé dans le ciel.

GAME OVER !

RECOMMENCE À ZÉRO,
OU RENDS-TOI À LA PAGE 102 !

LE TASER EXTRATERRESTRE

Jusqu'à maintenant, tes visions se sont toujours avérées… Tu préfères donc t'y fier et t'arrêter, même si cela signifie continuer seule ton aventure. Tu grimpes sur l'armoire et, grâce au manche de ton fusil, tu exploses la vitrine derrière laquelle est exposé le taser extraterrestre. Tu le tires vers toi mais, sous le poids de l'imposant objet, tu bascules en arrière et t'étales au sol. Rien de grave, heureusement. Tu ne t'attendais en tout cas pas à un tel poids : cette arme est extrêmement lourde ; tu vas devoir laisser ton fusil derrière toi pour la transporter. Tu hésites un instant, mais renonces à l'arme du soldat, privilégiant ton nouveau gadget extraterrestre.

Le couloir débouche sur un escalier allant vers le bas : un autre souterrain. Tu l'empruntes et, très vite, tu entends des bruits de combat. Les mêmes que ceux que tu viens de subir : des Aliens tombant sous les rafales de tirs, des soldats foudroyés par les éclairs, certains vaincus par les flammes, d'autres enfin immobilisés par la glace. Arrivée à l'étage inférieur, tu retrouves en effet ton groupe occupé à libérer petit à petit leurs compagnons enchaînés, tout en se défendant des militaires. Ton regard balaie les prisonniers… parmi eux, ton père ! Les extraterrestres commencent à prendre de nouveau le dessus sur les soldats, tu le sens… Tu vas bientôt pouvoir le retrouver !

Cependant, tandis que les militaires s'écroulent les uns après les autres, les Drs Moreau font irruption dans la pièce. Les extraterrestres se mettent immédiatement à les attaquer, conscients que les scientifiques ne sont pas là pour une visite de courtoisie… Malheureusement, les Moreau sont venus préparés : ils sont protégés par une armure pare-balles de leur invention, modifiée pour être résistante aux pouvoirs extraterrestres. Ils sont en plus lourdement armés ! Comment les vaincre ?

Tu prends soudainement conscience que désormais, il n'y a plus que toi pour sauver tes camarades ! Tu as toujours en main ton taser à filet immobilisant extraterrestre. Sans attendre, tu le pointes en direction d'Anton et Frédérique Moreau et appuies sur la détente. L'un après l'autre, les savants fous sont immobilisés, incapables d'agir ! Tes amis Aliens en profitent pour libérer leurs derniers camarades encore captifs. De ton côté, tu lâches ton arme et te rues vers ton père, qui te serre dans ses bras aussi fort que possible : il ne veut plus jamais te perdre de vue ! Vous rigolez ensemble : il vaut peut-être mieux qu'il te laisse un peu de liberté, d'ailleurs, tu as prouvé que tu t'en sortais très bien toute seule !

Grâce à toi, les savants fous sont maintenant hors d'état de nuire. Quant aux extraterrestres, ils ont tous été libérés ! Tu vas pouvoir reprendre ta vie de tous les jours. Le collège, les disputes, les amis, tu n'attends désormais plus que cela ! Et maintenant que ton père a compris qu'il pouvait te faire confiance, vous allez peut-être pouvoir reparler de ta mère…

SUPER !

TU AS RÉUSSI À SAUVER LES EXTRATERRESTRES
EN DÉPIT DE TOUS LES DANGERS !
MAIS TU PEUX EXPLORER D'AUTRES PISTES
EN RECOMMENÇANT L'AVENTURE !

ÉPILOGUE I

LE RETOUR À LA VIE CHEZ LES HUMAINS

Tu as repris ta vie de tous les jours, avec ton père, avec tes amis du collège… En bref, avec les humains ! Mais cette aventure a définitivement marqué ta personnalité. Tu es plus sereine, tu acceptes mieux les autres et leurs différences, comme Nora, ton ancienne ennemie jurée devenue l'une de tes meilleures amies !

En tout cas, tu apprends à ne pas te laisser submerger par la peur du regard des autres. Tu n'as pas besoin de prétendre être amoureuse d'Elijah pour faire plaisir à tes camarades du collège, et depuis que tu le considères comme un simple ami – à son grand soulagement –, vous êtes devenus très complices !

Au niveau familial, cela va aussi beaucoup mieux. Maintenant que tu comprends tout ce qu'a enduré ton père pour te protéger durant toutes ces années, vous êtes bien plus proches qu'auparavant…

Surtout, tu as retrouvé ta mère ! Les recherches de ton père avancent, et tu as bon espoir de pouvoir vivre avec elle très vite. En attendant, tu t'autorises quelques visites secrètes au village des extraterrestres, où ta mère t'aide à maîtriser ton pouvoir naissant et te conseille sur toutes les autres choses, les problèmes et les petits détails quotidiens de la vie.

ÉPILOGUE II

LA DÉCOUVERTE DE LA VIE CHEZ LES ALIENS

Ton quotidien a rudement changé ! Tu as dû tout réapprendre : la vie dans une petite communauté n'a rien à voir avec celle que tu menais chez les humains, entre disputes au collège, sorties du week-end implorées à ton père et mauvaises notes à expliquer. Tu apprends chaque jour à aider les autres pour les petites choses : participer aux corvées de cuisine du groupe, à la remise en ordre des cabanes… Tu aides même l'institutrice à se fournir en matériel scolaire grâce à tes visites en ville. Et surtout, tu redécouvres ta mère !

Tu te dis qu'un jour, tu aimerais être une adulte aussi forte et courageuse qu'elle… À ce sujet, ta mère te rassure : tu as déjà prouvé toute ta valeur dans cette aventure. Grâce aux autres extraterrestres, tu apprends à mieux maîtriser ton pouvoir. Récemment, tu as même commencé à en développer de nouveaux, ce qui te rend particulièrement fière.

De temps en temps, tu t'échappes pour une virée dans ton ancien quartier, où tu revois tes vieux amis. Ton père vous rend également visite au campement dès qu'il le peut. Il te l'a promis : bientôt, il vous aidera à vous libérer.

ÉPILOGUE III

LES RETROUVAILLES EN FORÊT

En sortant du laboratoire presque désert, tu découvres un paysage ravagé : de la fumée s'échappe du hangar à fourgons, les piquets des barbelés ont été arrachés, les hautes herbes sont parsemées de cartouches et d'éclats de verre. Le combat a dû être terrible, et tu espères que peu de victimes sont à compter parmi les extraterrestres. Ça et là errent quelques soldats qui ne savent plus à qui répondre… Tu croises leurs regards : ils détournent les yeux en baissant leurs armes. Tu continues de te méfier, mais visiblement, ils sont trop perdus pour vous faire du mal. Tu aides ton père encore chancelant à traverser la prairie, et vous gagnez ensemble la forêt en direction du campement des Aliens.

Arrivés au village, ton père et toi observez avec plaisir les retrouvailles des extraterrestres : certains accueillent des membres de leur famille, d'autres retrouvent de vieux amis. Vous préférez rester à l'écart, afin de leur accorder un peu d'intimité. Votre aventure a été périlleuse, mais ce n'est rien par rapport à ce qu'ont vécu tous les Aliens pendant tant d'années… Ton père est très fier : il ne s'en serait jamais sorti tout seul, et les extraterrestres n'auraient jamais été libérés sans ton courage.

Une petite fête se prépare pour célébrer la victoire. On se regroupe autour de musiciens, on trinque en l'honneur de ceux qui n'ont pas survécu. Une silhouette se détache alors du groupe d'extraterrestres et s'approche de vous. Tu distingues peu à peu ses traits dans la lumière de l'aube. On dirait… ta mère.

ÉPILOGUE IV

LES RETROUVAILLES DANS LE COULOIR

Main dans la main, Axil et toi avancez lentement dans le couloir toujours obscur, attentives au moindre signe de danger. Bizarrement, cette proximité ne te dérange pas. Tu te sens curieusement liée à cette extraterrestre… et elle aussi semble heureuse de t'avoir avec elle. Régulièrement, tu perçois son regard bienveillant posé sur toi. Mais elle reste muette, presque gênée. L'alarme de la cellule abandonnée n'est bientôt plus qu'un bruit sourd, et vous arrivez enfin près de l'escalier. C'est alors que vous entendez les pas lourds de toute une brigade… Mince ! Si vous rencontrez une troupe entière de soldats, vous ne ferez jamais le poids. Les pouvoirs d'Axil ne seront pas suffisants face à tant d'ennemis.

Des yeux lumineux. Beaucoup d'yeux lumineux. Les silhouettes se rapprochent… Ce sont des extraterrestres ! Comment sont-ils parvenus à se libérer ?

— Axil ! se réjouit l'un d'eux dans la foule.

Il reconnaît son ancienne amie, qu'il serre dans ses bras. Puis vous explique : ils viennent du camp des Aliens réfugiés, au milieu de la forêt. Ils sont venus délivrer leurs amis… Enfin ! Cela fait des semaines qu'ils montent un plan d'évasion. Ils s'apprêtaient justement à venir sauver Axil.

— Mais c'était bien inutile ! sourit un autre. Nous aurions dû nous douter que tu t'en sortirais très bien toute seule ! Comme d'habitude !

Cela te fait sourire… C'est vrai qu'Axil est pleine de ressources ! Si tu osais, tu dirais qu'elle est un peu comme toi… ou toi comme elle.

Une ombre se détache du groupe. La seule dont les yeux ne s'éclairent pas. Pourtant, quand il apparaît, ton père a le regard illuminé de bonheur :

— Cassandre ! crie-t-il, soulagé.

Tu sautes dans les bras de ton père… pour bientôt te rendre compte que son attention est déjà ailleurs : vers Axil.

— Luc ! dit celle-ci, visiblement émue.

À son tour, l'extraterrestre enlace ton père. Mais alors… ton intuition était la bonne… Comment ne l'as-tu pas reconnue plus tôt ? Après toutes ces années, tu ne voulais peut-être plus y croire… Pourtant, Axil te le confirme :

— Oui, dit-elle simplement, les larmes aux yeux. Je suis ta mère.

Tes parents te tendent les bras, et tu ne manques pas de les rejoindre. Vous allez enfin pouvoir rentrer chez vous, tous les trois.

hachette s'engage pour l'environnement en réduisant l'empreinte carbone de ses livres. Celle de cet exemplaire est de :
300 g éq. CO_2
Rendez-vous sur www.hachette-durable.fr

PAPIER À BASE DE FIBRES CERTIFIÉES

« Pour l'éditeur, le principe est d'utiliser des papiers composés de fibres naturelles, renouvelables, recyclables et fabriquées à partir de bois issus de forêts qui adoptent un système d'aménagement durable. En outre, l'éditeur attend de ses fournisseurs de papier qu'ils s'inscrivent dans une démarche de certification environnementale reconnue. »

Édité par la Librairie Générale Française – LPJ
(58, rue Jean-Bleuzen, 92170 Vanves)

Composition Nord Compo
Achevé d'imprimer en Espagne par CPI
Dépôt légal 1re publication : février 2021
15.2525.1 /01 – ISBN : 978-2-01-713409-1
Loi n° 49-956 du 16 juillet 1949 sur les publications destinées à la jeunesse
Dépôt légal : février 2021